KB076802

눈물은
내친구

작은숲청소년005

눈물은
내친구

제 1판 제 1쇄 인쇄 2013년 11월 11일
제 1판 제 1쇄 발행 2013년 11월 18일

엮은이 조재도
펴낸이 강봉구

편 집 김희주
마케팅 윤태성
디자인 비단길
표지 일러스트 조시원
표지 캘리그래피 송병훈(hoonie59@hanmail.net)
인쇄제본 (주)아이엠피

펴낸곳 작은숲출판사
등록번호 제406-2013-000081호
주소 413-120 경기도 파주시 문발로 119(문발동 306호)
전화 070-4067-8560
팩스 0505-499-8560
홈페이지 http://cafe.daum.net/littlef2010
이메일 littlef2010@daum.net
페이스북 http://www.facebook.com/littlef2010

ISBN 978-89-97581-33-7 43810
값은 뒤표지에 있습니다.

작은숲
청소년
005

국어 시간에 쓴 중학생 글모음

조재도 엮음

목차

2부 아름다운 사람

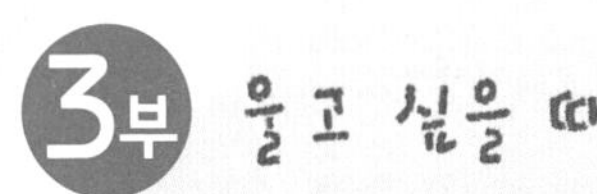
3부
울고 싶을 때

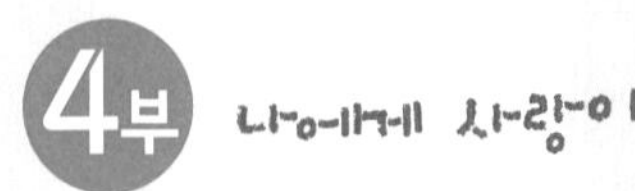

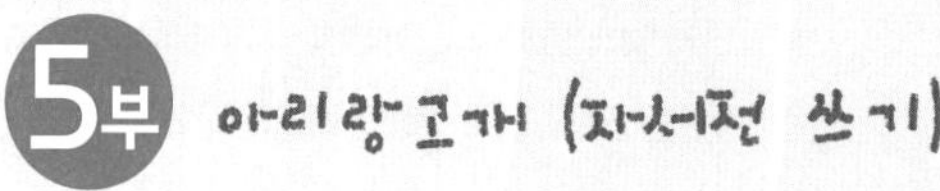

뒷말

앞말

눈물이 묻어 있는 아이들의 글

여기 실린 글들은 중학교 1학년 학생들이 쓴 것입니다.

저는 학교에서 근무하는 동안 줄곧 글쓰기 교육을 했습니다. 그러니까 저는 글을 통해 학생들과 만났다고 할 수 있습니다. 학생들의 삶이 묻어나는 글을 통해 저는 학생 일반이 아닌 학생 개개인의 구체적인 삶을 엿볼 수 있었습니다. 가정 환경과 내면과 고통과 눈물, 그리고 꿈과 기쁨 등을 살필 수 있었습니다.

아이들의 글을 읽으며 어른들의 문제가 아이들에게 고스란히 남아 있음을 알았습니다.

아이들의 글을 읽으며 아이들 마음이 많이 깨져 있음을 보았습니다.

기쁨보다는 슬픔이, 즐거움보다는 고통이 더 많이 드러나 있었습니다.

그렇지만 그 혼란과 어려움을 아이들은 또 '스스로의 힘'으로 이겨 내려 하고 있었습니다. 나이에 걸맞지 않게 어른스러운 생각을 하고 있었으며, 나름대로 삶에 대한 진지한 설계를 하고 있었습니다.

많은 아이들의 글에는 눈물이 묻어 있었고,

그 눈물이 짜다는 것을 알았습니다.

그래서 제 마음이 아팠습니다.

이 책에 글을 쓴 학생들은, 글을 쓸 당시에는 중학교 1학년이었지만, 지금은 아마 대학을 졸업했거나 졸업을 앞두고 있을 것입니다.

저는 이 책을 초등학생과 중학생들이 많이 읽었으면 좋겠습니다. 고등학생이 읽어도 무방할 것입니다. 어른들이 읽으면 더욱 좋지요. 선생님이나 자녀를 학교에 보내고 있는 부모님들이 읽으며, 우리 아이들을 좀 더 깊이 이해할 수 있으면 좋겠습니다.

본문은 학생들이 쓴 글을 가능한 그대로 실었습니다. 문장 부호, 띄어쓰기, 맞춤법 등 의미 전달에 문제가 있을 법한 것들만 수정했습니다.

끝으로 글을 쓴 학생들에게 일일이 연락을 하지 못한 채 글을 실었습니다. 연락이 되면 반가운 마음으로 사례하겠습니다.

2013년 10월, 가을이 깊어가는 어느 날

조재도

제 1 부

나는 나

- 나의 몸
- 나의 성격과 버릇
- 나의 하루
- 나만의 소중한 약속

나의 손

이주연

나의 손은 좀 작다. 그리고 나의 손등은 거칠하다. 나는 엄마가 안 계시다. 그래서 아빠랑 살고 있다. 나는 첫째라서 힘든 일을 많이 한다. 특히 손으로 하는 일이 너무 많다. 설거지, 손빨래, 이런 걸 거의 매일 하다 보면 손에 주부습진이라는 게 걸린다. 나도 오른쪽 엄지손가락에 한 번 났었다. 막 찢어지고 피도 났다. 그래서 이젠 안되겠다 싶어서 아빠한테 자꾸 아프다고 얘기했다. 그랬더니 아빠가 그 뒤론 동생 진아한테 설거지를 시켰다. 그 대신 난 상을 치웠다. 참 편했다. 며칠이 지나니깐 거의 다 나았다. 하지만 지문까지 벗겨져서 보기 안 좋았다. 그리고 이젠 내가 다시 또 설거지를 한다. 그런데 진아에게도 손등 뼈 있는 데에 뭐가 났다. 그것도 주부습진 같았다. 그래서 쌀을 씻을 땐 둘이 번갈아 씻었는데 이젠 내가 다한다. 참 귀찮다. 진아도 아플 땐 나처럼 힘들고 귀찮았을 것 같다. 그리고 나는 내 손톱이 참 마음에 든다. 왜냐면 진아랑 인지는 손톱이 이상하다. 진아는 손톱이 아예 자라질 않는다. 하지만 난 아주 잘 자라고 아빠 손톱과 많이 닮았기 때문에 좋다. 그리고 내 손금은 너무 많다. 다른 사람들은 손금이 거의

3개로 나뉘어 있는데 나는 m자처럼 되어 있다. 내 동생들도 역시 그렇다. 내 친구 슬기는 내 손금을 보고 외계인 손이라고 했다. 그 정도로 내 손금이 이상하다.

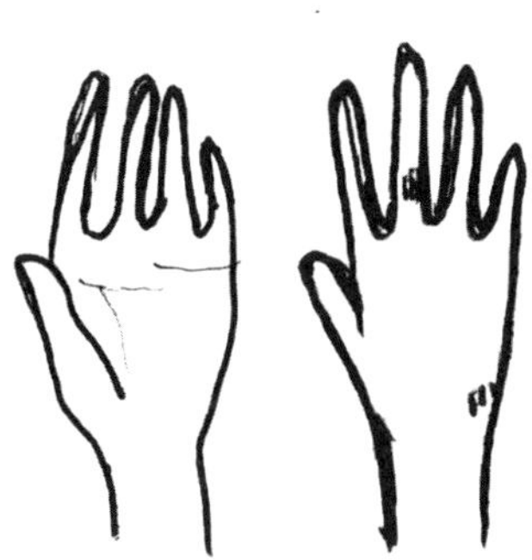

나만 왜 이래

성진희

나의 콤플렉스하면 다른 사람들이 딱 봐도 알겠지만 살이다. 옛날엔 통통한 사람이 미인이었다던데, 요새는 아주 날씬한 사람이 미인이다. 으휴~. 살도 살이지만 얼굴도 무지 크다.

얼마 전만 해도 얼굴이 무지 큰 노주현 아저씨가 인기가 있었다던데……. 내 얼굴은 우리 엄마보다 크다. 키도 크지만 몸무게도 더 나가고, 체격도 크다. 다리도 무지하게 굵다. 알통도 나오고. 어떡하지? 배를 잡으면 뱃살이 한 움큼 잡힌다. 특별난 게 또 있다. 발. 발 크기가 260이다. 운동화는 280까지 나와서 다행인데 구두가……. 학생용 구두가 250까지 밖에 안 나와서 맞는 구두가 하나도 없다. 그래서 맞추어야 한다. 얼굴도 못 생기고 살도 찌고. 공부도 잘하는 건 아니다. 나만 왜 이래~. 과연 나 같은 사람이 인기가 많은 시대, 그런 시대는 올까? 궁금하다……. 나만 왜 이래.

머리끝부터 발끝까지~ ♡

정문영

머리끝부터 발끝까지 쭈욱 나의 몸 이야기. 나는 사람들에 비해 머릿결이 아주 안 좋다. 일명 돼! 지! 털! 그래서 어딜 가든 미용실을 가든 '반곱슬이구나.' 라는 소리를 듣는다.

그때마다 화가 나고 울고 싶을 정도이다. 머릿결이 좋아지기 위해 카페란 카페는 모두 뒤져 정보를 찾아보려 했지만 귀찮기만 할 뿐 아무 소용없었다.

내 머리카락은 엄청 곱슬거린다. 아무리 내 머리카락이라지만 신기할 뿐 어이없고 허탈하다. '사람 머리카락이 어쩜 이럴 수 있을까?' 보는 사람도 놀랜다. 그래서 머릿결이 좋은 사람만 보면 너무 부럽다! 어떤 땐 부모님을 원망하기도 한다. '왜 이런 머릿결을 주셨나요?!' 라고.

머릿결말고도 난 공포의 뱃살들이 아주 많다. 살이 빠지긴 해도 뱃살은 전혀 빠지지 않는다. 너무 슬프다. 그래서 나는 힘을 다해 주먹으로 아랫배를 쿵쿵 쳐댄다. 과연 효과가 있을까? 앞으론 언니한테 요가도 배울 예정이다. 제발 효과가 있기를.

그리고 종아리 바로 반대편! 어렸을 땐 예쁜 피부였지만 언제부턴가 뱀살이 생겼다. 우리 언니도 뱀살이 심했지만 뱀살 없애는 방법으로 해결은 했다. 나도 하려고 하지만 모든 게 귀찮기만 할 뿐, 뱀살은 정말 맘에 안 든다. 아빠부터 나까지 유전인가? 잘 빠진 다리에 뱀살이라니. 사람들은 내 다리를 보고 형태는 예쁘다고 하지만 형태가 예쁘면 뭐해? 피부가 안 좋은데. 뱀살 정말 없애고 싶다.

그리고 나는 입술 밑에 커다란 점이 하나가 있다. 정말 맘에 안 든다. 사람들은 '매력점', '복점' 이라고 하지만 난 전혀 그렇게 생각하지 않는다. 어렸을 땐 보이지도 않았지만 몸이 크니 점까지 크나 보다. 사진을 찍어도 언제나 튀는 것이 입술 밑 점이다.

아참! 나는 올해 중학생이 되었지만 여드름은 전혀 나지 않는다. 그 점은 너무 좋다. 아이들이 날 부러워한다. 날 부러워하다니 너무 기쁘다. 나는 미운 구석이 많다. 예쁜 구석도 많지만 예쁜 구석을 쓰면 사람들이 질투할까 봐 미운 쪽으로 썼다. 제발 찰랑찰랑한 머릿결을 가졌음 좋겠다. 그게 내 소원이다.

나는 나

김은비

'내 몸? 마르고 작은 체형 외에 별 다른 게 없는데.' 나는 내 몸의 특별한 점을 찾아내려고 머리 구석구석을 쥐어짜 보았지만 별다른 게 없었다. 그러다 아차 싶었다. 내가 별 다른 게 아니라고 생각했던 바로 그 마르고 작은 체형! 그게 내 몸의 특징인 것이다. 단순하게 생각하니까 내 몸의 특징이 참 많이 떠올랐다. 생각해 보니까 내가 그렇게 못 생긴 것은 아니라는 자부심도 조금, 아주 조~금 생겨났다.

그래도 가장 두드러진 것은 마르고 작은 체형!! 내가 왜 이렇게 말랐는지 생각해 보면 엄마 때문인 것 같다. 약간 통통하신 아빠와는 달리 마르신 엄마 덕분에 이렇게 말랐으며, 키가 작은 부모님 덕분에 내 키가 이렇게 '아담 사이즈'인 것이다.

통통한 애들은 나를 부러워하지만, 나는 통통한 애들이 부럽다. 애들은 다리가 얇아서 좋겠다고 하지만 정작 나는 살찌려고 안달이다. 오죽하면 인터넷 여기저기에서 '살찌는 방법', '살찌는 음식', '살찌는 식단'을 검색해 보았겠나? 그러나 유감스럽게도 모두 건강에 안 좋은 방법과 음식뿐이어서 시간에 맡기기로 했다.

이번에는 내 작은 키. 내 마른 체형은 부러워하지만, 14년 내 생애 나의 작은 키를 부러워하는 사람은 단 한 명도 없었다. 정말 슬프다. 나는 한 번 더 인터넷 여기저기에 '키 크는 법', '키 크는 운동', '키 크는 음식'을 검색해 보았다. 오!!! 이번에는 좋고, 쉬운 방법들이 많다!! 그러나 작심삼일. 정말 3일만에 운동이고 뭐고 다 때려치우고, 상한 치즈와 우유를 내버려야만 했다. 그러나 마른 만큼 또, 작은 만큼 클 기회는 많을 것이다. 학교에서도 우유를 꾸준히 먹으니까, 집에서도 밥을 잘 먹으니까. 그래도 난 내 모습 그대로를 사랑하는 법을 배웠고, 작고 마른 체형도 나름대로 장점이 있다는 걸 알았다. 우선은 크고 쪄야겠지만, 나중에 크지 않아도 찌지 않아도 나는 후회 미련 따위는 없다. 왜? 나는 작고 마른 김은비이니까^^.

사소한 습관

유혜진

'나의 버릇?'

좋지! 좋아!

며칠 전 신문에서 버릇이나 습관을 바꾸면 30년을 더 산다는 기사를 보았다. 과연 어떤 버릇을 고쳐야 30년이나 더 살 수 있나 궁금해졌다. 습관 하나 바꾼다고 30년을 더 산다면 정말 좋은 일이 아닐까? 나의 습관이나 버릇은 어떤 것이 있는지 갑자기 떠올랐다.

"훙훙~!"

"제발 그만 풀어라. 밥상머리에서 왜 그래?"

나와 엄마의 실랑이. 늘 밥을 먹을 때, 엄마는 잔소리를 하신다. 그 잔소리의 원인은 밥 먹을 때만 나오는 콧물 때문. 이상하게 밥을 먹을 때, 나는 코를 푼다. 엄마께선 풀지 말라고, 어디 나가면 욕 얻어먹는다며 집에서만 코를 풀라고 하셨다. 다행스럽게도 나는 밖에서 밥을 먹으면 코를 풀지 않는다. 그런데 어김없이 겨울이면 찾아오는 코감기 때문에 코를 풀어야 하는 부득이한 상황에 이르곤 한다. 그럴 때면 나는 천국과 지옥을 왔다 갔다 한다. 그러다 정말 콧물이 흐를 정도가 되면 화장실에 가 변기 물을 내린 뒤 코를 풀곤 한다. 하지만 이 방법은 화장실에 사람이 없을 때 해야 해서 좀 난감하다. 사람이 많을 땐 화장실 속에서 콧속에다 휴지를 넣고 있다가 뺀다.

두 번째 나의 버릇이자 징크스는 시험 전에 컴퓨터 사인펜과 초콜릿을 꼭 사는 것이다. 초콜릿은 조그맣고 달아서 기분도 좋아지고 열량이 높아서 아침밥을 먹지 않는 나에겐 매우 효과적이다. 또한 값도 얼마 비싸지 않아 좋다. 하지만 살이 찐다는 것이 문제이다.

그런데 컴퓨터 사인펜을 새로 사는 것은 돈 낭비이고 좋지 못한 습관이다. 요즘은 시험용 사인펜을 따로 가지고 다닌다.

세 번째 나의 습관은 돈을 정말 아껴 쓴다는 점이다. 이상하게 비싼 물건엔 손이 가지 않고 같은 물건이라도 좀 더 싼 것을 찾는다. 친구들은 나를 보고 '걸어 다니는 은행' 혹은 '주머니에서 돈이 마르지 않을 것 같다.' 라고 말한다.

나의 이 짠순이 인생은 어쩌면 태어날 때부터 정해진 것일 수도 있다. 왜냐하면 나는 돈을 받기 어려운 세 자매 중 둘째이기 때문이다. 언니는 언니대로 동생은 동생대로 돈을 받아가기 때문에 난 돈을 받으려면 눈치가 보인다.

옛말에 '기인지우' 라는 말이 있다. 즉 쓸데없는 걱정이 많다는 것이다. 내가 그렇다. '혹시 버스에서 테러가 난다면?' 혹은 '다리가 무너진다면?' 이런 생각을 많이 한다. 며칠 전 영화를 보러 시내에 나갔다. 혼자 타는 버스라 그런지 다시 나의 그 불안한 걱정들이 파도처럼 밀려왔다. 그런데 삼거리에서 신호에 걸렸다. 문득 드는 생각이 '혹시 우회전 하면 어쩌지?' 내가 가는 목적지는 직진이었기 때문에 여간 불안한 게 아니었다. 심장이 두근대며 기다리고 있는데, 드디어 신호가 바뀌었다. 다행스럽게도 버스는 나를 목적지에 데려다 주었다. 그리고 친구들을 만났다. 팝콘을 사고 영화관으로 들어갔다. 그리고 좌석에 앉으니 들리는 안내 방송. '불이 나면 현재 위치에서 가장 가까운 비상구로 나가주십시오.' 그 말을 들으니 '영화관에 불이 나서 죽을 수도 있다!' 는 생각이 들었다. 그래서 불안한 마음이 나를 에워쌌다. 그렇지만 영화를 끝까지 잘 보았다. 이런 생각들이 나를 만들어 주는 하나의 인격인 것 같다.

오 마이 갓!

손미나

나의 버릇은 하늘에 떠있는 별과 같다. 셀 수 없다는 뜻이 아니고, 그냥 과장해서 한 말이다. 나의 버릇과 성격, 성격과 버릇에 대해 지금부터 써 보겠다.

이것이 버릇인지 성격인지는 모르겠지만, 나는 옛날부터 잘한다 잘한다 하면 그것을 자꾸 하려고 한다. 언니는 그것이 '애정결핍'이라고 한다. 나쁜 말인지는 아는데, 난 아무렇지 않다.

그리고 두 번째, 뭐든지 과장해서 말하기이다. 왜 과장해서 말할까? 나도 도무지 모르겠다. 그냥 툭 튀어나온다. 예를 들면 돌에 맞아 손이 약간 부었다면 곧바로 전화를 해서, "어떻게! 엄청 큰돌에 맞았는데, 손이 엄청 부었어. 어떻게! 엉엉." 이렇게 말이다.

또 세 번째는 거짓말하기, 사람이 살면서 한 번 꼭 하는 것 중에 하나인 거짓말! 거짓말은 나의 버릇이 되고 말았다. 입만 열었다 하면 과장 반 거짓말 반. 그리고 나머지가 그냥 말. 정말 심하다. 그리고 욕! 말 중에 가장 더럽고 쓸모없는 욕. 이것도 마찬가지로 버릇이 되었다. 안 하려고 하면 또 하고 또 하고……. 완전 마약과 같은 존재이다.

그리고, 가래먹기. 더럽지만 나에겐 버릇이 되어 버렸다. 그냥 가래를 먹는 것이 아니라, 숨을 들이마신 후 목에 힘주고 나온 것을 꿀꺽, 나도 고치고 싶은 버릇이다.

또 있다. 침 흘리기! 잠을 자고 일어나면 베개에 침이 지도를 그리고 있다. 나는 괜찮은데 언니가 뭐라고 한다. 또 코골기! 이것은 나도 싫고 언니도 싫어한다. 언니는 시끄러워서 내가 자고 있을 때 코를 막는다. 나는 숨을 헐떡거리며 일어난다. 어느 때는 싸대기를 때린다! 그때마다 나는 운다.

또 이빨 갈기, 나는 예전부터 이빨을 매일, 자주 이빨을 갈았다. 그럴 때 언니는 그냥 나를 때린다. 역시나 나는 운다.

그렇지만 나의 성격은 활발하고 활동적이다. 나는 소극적인 것은 딱 질색이다. 소리도 꽥꽥지르고 화나면 욕도 한다. 이러한 나쁜 성격, 버릇을 고치고 싶다. 나의 버릇이 이렇게나 많을 수가……. 오, 마이 갓!! 그것도 나쁜 버릇만. 정말 놀랍다. 이제부터는 버릇을 고치려고 노력을 해야겠다. 나쁜 버릇은 남한테까지 영향이 가니까 빨리 고치도록 노력해야겠다.

그리고 욕, 거짓말 등을 하지 않고, 이번 Mina의 성격과 버릇에 대한 글쓰기를 통해 많이 반성하고 새롭게 다시 시작해야겠다.

혼자 말하는 버릇

김혜연

나는 내 성격을 잘 모르겠다. 그래서 이 글을 쓰는 데 참 어려움을 느낀다.

일단 내 성격은 소심하고 내성적이라는 것이다. 이것도 물론 엄마께서 힌트를 주셔서 겨우 안 나의 성격이다. 소심하다는 것은 내가 느끼고 인정하지만, 내성적이라는 말은 뜻을 몰라 쓰지 못하겠다. 내가 소심하다는 것을 느낀 이유는 내가 다니던 피아노 학원에서 있었던 일 때문이다. 우리 피아노 학원은 요일마다 매일 다른 것을 치는데 화요일의 일이었다. 화요일은 소나티네를 치는 날이다. 소나티네는 1년만에 치는 것이다. 왜냐하면 힘들다고 해서 그 동안 다른 것을 쳤기 때문이다.

선생님께서 레슨을 해 주시러 오셨는데, 잘 모르시고 내가 힘들게 쳤던 곡을 다시 또 치라고 하셨다. 나는 이미 쳤다고 말하고 싶었지만 혼날까 봐 걱정이 되어 말하지 못하고 선생님이 나가신 뒤 피아노를 치면서 눈물만 흘렸다. 혼날 일이 아닌데도 혼날까 봐 걱정이 되어 말씀드리지 못한 내가 정말 소심하고 한심스러웠다.

또 나의 버릇은 가끔씩 손톱을 물어뜯고, 혼자 웃고, 혼자 말하는 것이다. 손톱 물어뜯는 버릇은 초등학교 4학년에 들어오면서 생긴 것 같다. 그러면서 손톱의 균을 먹게 되어 장염에 걸린 적도 있다. 5학년 때도 손톱을 물어뜯어 선생님한테 정서 불안이라는 말을 듣고 잠시 멈췄지만, 6학년 때 그 버릇이 또 생겨 버렸다.

혼자 웃는 버릇은 언제 생겼는지 나도 잘 모르겠다. 가끔씩 나 자신을 보면 정말 혼자 웃는다. 특히 나 혼자 있을 때나 공부시간에 그런다. 인터넷에서 본 것이지만 B형은 혼자 있을 때도 지난 일을 생각하면서 자주 웃는다고 한다. 내가 B형이라서 그런지 몰라도 참 이상한 버릇인 것 같다.

마지막으로 혼자 말하는 버릇은 5학년 때 생긴 버릇이다. 같이 피아노를 다니던 친구가 피아노를 끊어서 나 혼자 피아노 학원으로 걸어가는 일이 많았는데, 그 때 나도 모르게 혼자 말하고, 1인 2역을 하면서 말을 주고받는 버릇이 생겨 버렸다. 그래서 이 성격에 대한 에피소드도 있다.

언젠가 피아노를 배우러 혼자 얘기를 하며 가는데, 갑자기 뒤에서 친구가 다가와 "너는 뭘 그렇게 혼자 중얼대니? 유령이랑 얘기하니?" 하였다. 그 후 그 버릇은 조금 고쳐졌다. 그리고 요즘엔 새 친구랑 같이 다녀서 그런지 혼자 얘기하는 버릇을 볼 수 없게 되었다.

세 살 버릇 여든까지

반혜준

'세 살 버릇 여든까지 간다.' 나에겐 맞는 말 같다. 어릴 적 버릇을 아직까지 못 고치고 그대로 지니고 있으니까. 하지만 다행히도 점점 고쳐가고 있는 버릇도 있다. 그 중 아직 못 고친 버릇 두 가지와 점점 고쳐가는 버릇 한 가지, 이렇게 내가 가지고 있는 세 가지 버릇에 대해 소개하려고 한다.

먼저 첫 번째 나는 젓가락질을 잘 못 한다. 처음부터 이렇게 젓가락질을 못한 건 아니다. 초등학교 2학년 때던가? 그 때부터 나도 모르게 잘하던 젓가락질이 바뀐 것 같다. 그 때부터 밥상 앞에서 매일 같이 아빠의 잔소리를 들어야만 했다. 솔직히 오늘 저녁을 먹을 때만 해도 아빠의 따끔한 충고 한 마디를 들었는데 그럴 때마다 아빠에게 들려주고 싶은 노래가 있다. 모두가 한 번쯤은 들어 봤을 DJ DOC의 DOC와 춤을!! '젓가락질 잘해야만 밥을 먹나요. 잘 못 해도 서툴러도 밥 잘 먹어요~♬' 이 노래의 가사, 100% 동감한다. 젓가락질 잘 못해도 밥 잘 먹고 나름대로 개성도 있다. 하지만 100% 옳다고 생각하지는 않는다. 나도 젓가락질 잘 못하는 게 자랑은 아니라는 사실을 아니까. 언젠가 한 식당에서 젓가락질이 서툰, 아니 서툰 정도가 아니라 못하는 어떤 사람을 본 적 있다. 솔직히 3, 4살 먹은 꼬마애가 그렇다면 이해가 된다. 그런데 그것도 아닌 다 큰 어른이 젓가락 맨 밑 부분을 잡고 김치 하나를 정말 힘겹게 먹고 있는 모습, 별로였다. 더구나 김치국물이 나에게 튈까 봐 불안하기까지 했다. 불안한 마음과 함께 든 생각, 과연 내가 저렇게 젓가락질을 못 했을 때도 사람들이 나와 같은 생각을 했을까? 그 후부터 젓가락질을 고쳐야겠다는 다짐을 하곤 하지만 지금까지 고쳐지지 않고 있다. 고쳐지지 않는 이유에는 여러 가지가 있다. 잘못된 젓가락질 법이 몸에 배어 습관화 되어 있다는 것 등등. 하지만 가장 큰 이유는 내가 그런 버릇을 고치려는 의지가 없기 때문이다. 젓가락질을 고치려는 강한 의지만 있어도 아마 일주일 안에 고칠 수 있을 텐데 말이다.

두 번째 나는 손으로 턱을 괴는 버릇이 있다. 이 역시 초등학교 때 생긴 버릇이다. 학교에서 칠판을 볼 때 무의식적으로 손이 턱에 올라가 있다. 지금은 습관적으로 책상에 앉기만 하면 손이 턱으로 올라가는데 이렇게 하면 턱이 삐뚤어진다고 하니 빨리 고쳐야겠다.

마지막으로 소개할 버릇은 손톱을 물어뜯는 버릇이다. 나는 오랫동안 손톱을 물어뜯었는데, 집에 오신 고모가 한 달 뒤 다시 왔을 때 내가 손톱을 물어뜯지 않으면 선물을 준다고 하여 그 버릇을 고치게 되었다. 솔직히 지금도 손톱을 물어뜯을 때가 있지만 그 횟수가 줄어들고 있다.

여기서 말한 세 가지 버릇 외에도 나에게는 좋지 않은 버릇들이 정말 많은데, 앞서 말한 '세 살 버릇 여든까지 간다.'는 속담을 머릿속에 되새겨, 이러한 버릇들을 차근차근 고쳐 나가야겠다.

나의 하루

김진희

나의 하루에 대해 말하려면 일단 나의 상황을 잘 알아야 합니다. 저는 14살 소녀입니다. 저의 콤플렉스는 살입니다. 너무 뚱뚱해서 문제이지요. 저의 가정 상황은 엄마, 언니, 저입니다. 이렇게 셋이 살고 있습니다. 저는 아빠가 없습니다. 왜냐하면 이혼을 했기 때문입니다. 그래서 저의 가정 상황은 좋지 않습니다. 하지만 다행히도 언니가 컸기 때문에 이나마 살 수 있다고 저는 생각합니다. 이쯤이면 저의 하루 일기를 시작해도 될 것 같습니다.

6:29분 저는 알람에 의해 일어납니다. 하지만 오늘은 아닙니다. 7:30분. 헉~스, 늦었습니다. 배가 고파서 밥을 달라고 엄마께 짜증을 냈습니다.

"엄마! 밥 줘."

"진희야, 어떡하니. 먹을 게 없다."

늦게 일어나서 짜증난 데다 그 말을 들으니 막 짜증이 더 났습니다. 그래서 전 울었습니다. 먹을 게 없어서 운 게 아니라 짜증이 나서였습니다. 짜증을 막 내고 문을 쾅 닫고 나온 순간 저는 마음이 아팠습니다. 매일 아침 엄마께 화를 내면 마음이 아프고, 다신

안 그래야지 하면서 아침만 되면 다시 또 괜히 엄마께 짜증을 냅니다. 오늘은 엄마가 학교까지 태워다 주셨습니다.

그리고 학교에 갔습니다. 다행히도 체육 선생님이 안 계셔서 학교 문은 통과했습니다. 교실에도 선생님이 안 계셔서 혼이 나진 않았습니다. 교실에 들어가 난 L을 보았습니다. L은 저의 초등학교 동창입니다. 하지만 L은 절 무지 싫어합니다. 저 또한 L이 싫습니다. 초등학교 때도 절 괴롭혔지만 중학교 와서도 남자아이들에게 나한테 분필을 던지라고 시키고, 다른 또래 친구들한테 나랑 놀지 말라고 하는 애가 바로 L입니다. 그래서 그런지 애들이 절 피합니다.

체육 시간입니다. 체육복으로 갈아입고 밖으로 나갔습니다. 전 혼자 나갔습니다. 뜻밖의 일이 일어났습니다. 2학년 선배님들하고 피구를 하게 되었습니다. 일단 운동장을 두 바퀴 돌라고 하셨습니다. 돌았습니다. 운동장이 커서 그런지 한 바퀴 도니까 숨이 턱까지 찼습니다. 천천히 도니까 또래들과 멀어졌습니다. 또래 중 한 남자애가,

"뚱땡아, 빨리 돌아!"

이러는 것이었습니다. 그 옆에서 P군이 막 놀리고 손가락질을 했습니다. 저는 울었습니다.

드디어 언니들과의 피구가 시작되었습니다. 저는 피구에 자신이 있었습니다. 초등학교 때 잘했기 때문입니다. 그래서 애들이

뭉쳐 있길래

"뭉쳐 있지 말고 흩어져 있어."

라고 했습니다. 그러자 뒤에서 자그마한 목소리가 들려왔습니다.

"너나, 잘해."

U선배의 목소리였습니다. 그 선배는 저의 초등학교 선배입니다. 초등학교 때도 언니가 있다는 이유만으로 절 싫어했습다. 전 선배가 괴롭힌다고 언니한테 이른 적도 말한 적도 없는데……. 갑자기 눈물이 핑 돌았습니다. 그 순간 U선배가 저한테 공을 던져서 맞았습니다. 그리고 나가는 도중에 금을 살짝 밟았습니다. 그러자 U선배가 또 말하였습니다.

"야! 다음부턴 돌아 나가."

신경질적인 말투였습니다.

드디어 체육이 끝나고 언니들과도 헤어졌습니다. 영어 시간 저는 P군과 같은 조입니다. P군은 왜 자꾸 우냐며 죽인다는 등 개년이라는 등 입에 담지 못할 말들을 막 뱉어 버렸습니다. 영어가 끝나고 기대하던 재량 사회가 시작되었습니다. 오늘은 N대통령의 탄핵안을 다루기로 했습니다. 전 토론하는 것을 굉장히 좋아합니다. 예를 들어 나폴레옹은 영웅인가 같은 주제로 토론을 한다면 전 할 말이 너무 많습니다(나폴레옹은 영웅이 아니다.). 탄핵은 정당합니다. 왜냐하면 N대통령은 선거법을 위반했으며 형의 비자금을 빼돌렸고 국회의원은 그 법에 따라 행동해야 함으로 탄핵은 진짜 정당합니다. 하지만 22:7로 정당하지 않다가 이겼습니다. 그리고 밥을 먹었습니다. 그런데 L군이 제가 째려봤다며 막 뭐라고 했습니다. 저는 또 이유도 모르게 당했습니다. 아무 이유도 모른 채…….

점심을 먹고 매점에 가서 맛있는 것들을 사 먹고 CA(특별활동)을 하러 갔습니다. 전 독서토론반입니다. 오늘은 동백꽃이라는 책을 읽었습니다. 그리고 그림을 그렸는데 저는 점순이가 저에게 감자를 주는 모습을 그렸습니다. 선생님이 잘했다고 하셨습니다. 학교 수업이 끝나고 저는 남아서 게시판을 꾸몄습니다. 몇몇 애들도 남았습니다. 저는 2조 조장입니다. 우리 조는 달력을 만들었습니다.

그리고 집에 갔습니다. 집에 갔을 때 약 5시 30분이었습니다. 빨리 소시지를 튀겨서 밥이랑 훌렁 먹고 나갔지만, 학원 가는 차를 놓쳐서 버스를 타고 학원에 갔습니다. 오늘의 의상은 멜빵치마. 친구가 멜빵치마를 팔라고 했는데 안 팔았습니다. 학원 아래쪽에서 내릴까 아니면 위쪽에서 내릴까 고민하다 한 정거장 더 뒤로 가서 내렸습니다.

"으이그. 바보 같이……."

학원에 도착해서 애들 얘기를 들어보니 어제 과학 선생님이 K양에게 공부 못한다고 뭐라고 해서 J가 그러지 말라고 했답니다. 그래서 저도 같이 "맞아요." 라고 했는데, 과학 선생님이 "그만해!"

라고 하시더니 그 다음날 A반(참고로 난 C반이다. C 다음 B 다음 A. 수준별로 나눔. C반이 공부 잘하는 반임.)의 K군을 이유 없이 때렸습니다. 그것 때문에 K군이 우리 반에 와 행패를 부렸습니다.

학원 끝나고 집에 왔습니다.

언니랑 TV를 보는데 아빠한테 전화가 왔습니다. 술을 먹고 전화를 했습니다. 그 전부터 그랬습니다. 언니 등록금을 주려고 한 것 같았습니다.

엄마가,

"아빠가 언니 등록금 안 해 주면 아빠 자격도 없어. 그럼 너 핸드폰 번호 바꾸는 거야." 하니까,

"응, 알았어. 엄마."

언니가 말했습니다. 언니가 아빠에게 "학원비 내줄 거지?" 하고 물었더니, "아빠가 무슨 돈 나오는 기계야!" 하고 소리쳤습니다. 우린 무서워서 전화를 끊었습니다. 그리고 이젠 집에 쳐들어오면 112에 신고하자고 했습니다.

저도 생각해봤습니다. "언니 등록금 안 대주면 언니도 공장에 취직해야 하는데." 우리는 밤이 가도록 얘기를 나누었습니다. 엄마랑 언니랑 얘기하니까 너무 좋았습니다.

다크 서클

최다운

나는 오늘 4시간밖에 못 잤다. 이유는 어젯밤 엄마 일을 도우러 조이 랜드(목욕탕)에 갔었기 때문이다. 엄마는 6년 넘게 프로스펙스 옷을 만들고 계신다. 주로 아동복을 많이 만드시고 옷도 만드신다. 평소에는 아침 7시에 나가셔서 9시쯤 도착해 오후 6시에 끝나는데, 요새는 일 끝나고 부업으로 하청에 가셔서 9시 30분까지 일을 하고, 토요일과 일요일에는 밤늦게까지 일을 하신다. 목욕탕은 천안 성정동에 있다. 우리 집에서는 멀리 떨어져 있기 때문에 아빠께서 데려다 주셔서 빨리 도착했다. 주차장에 차를 대고 목욕탕 문을 여는데 잠겨 있어서 다른 문으로 들어갔다. 엘리베이터를 타고 올라가서 아빠랑 갈라져 갔다. 신발장에 신발을 넣고 목욕탕에 들어갔다. 우선 샤워를 하고 나서 녹차탕에 들어갔다. 온탕이랑 녹차탕이 있었는데, 그냥 온탕은 단순하고 많이 들어가 봐서 녹차탕에서 반신욕을 했다. 녹차탕 온도를 보니 40°가 넘었다. 그래서 땀이 막 흐르고 너무 더워서 찬물로 샤워를 했는데 그래도 덥긴 더웠다. 샤워를 하고 나서 옷을 입고 머리를 드라이기로 말렸다. 머리를 붕 띄우려다 밤이라서 그냥 대충 말리기만 했다. 그런데 아빠께 전화가 왔다. 아빠 차를 타고 엄마가 하청으로 일하는데 갔다. 거기서 엄마가 옷을 재봉틀로 박으면 나는 옷을 잘 개고 또 재봉틀로 해 주시면 옷을 뒤집어서 실밥도 다 떼었다. 엄마 일을 도와드리는데 아빠께서 떡볶이를 사오셨다. 어묵도 사 오고 국수도 사 오셨다. 먹고 나니까 진짜 배불렀다. 음식도 남았다. 다 먹고 다시 일을 시작했다. 배도 부른데 일을 하려니까 점점 졸렸다. 그래도 200장 넘게 옷을 만들었다. 처음에는 금방 끝날 줄 알았는데 두 시가 넘어서야 끝났다. 바닥도 정리하고 떨어진 천도 줍고 불도 다 끄고 나왔다. 그리고 아빠 차를 타고 빠른 길로 갔다. 가는 도중에 졸려서 잠이 들었다. 그리고 나서 눈을 뜨니 집이었다. 시계를 보니 새벽 3시였다. 얼른 옷을 갈아입고 눈을 감고 잤다. 일어났는데 4시간 밖에 잠을 못 자서 눈에 다크 서클도 생기고 움직이기도 싫었다. 그래도 일어나 머리를 감고 세수를 했다. 머리를 수건으로 털고 드라이했다. 교복을 입고 밥을 먹었는데, 솔직히 무슨 음식을 먹고 왔는지 생각이 잘 안 났다. 학교에서 수업을 하는데 머릿속에도 잘 들어오지 않고 자고 싶기만 했다. 그래도 이상하게 쉬는 시간이면 또 잠이 달아난다. 4교시 수업을 마치고 점심을 먹었다. 그리고 5~6교시도 다 끝나서 기분이 좋았다. 오늘 하루 종일 졸리기는 했지만 엄마 일을 도와드려서 기분이 좋았다. 나는 하루 일했는데도 이렇게 힘든데, 엄마는 매일 이 일을 하시니 얼마나 힘이 드실까 죄송스러웠다.

좋은 일이 별로 없던 날

김주남

나는 서울 신림동에서 태어나 할아버지 댁으로 오게 되었다. 그래서 난 할아버지와 할머니 그리고 대학생인 형과 같이 산다. 그러던 어느 날 새벽 5시 알람 소리에 일어났다. 형도 일찍 일어났다. 밥을 먹었다. 오늘도 그다지 특별한 반찬은 없고 매일 먹는 식물성 반찬이었다. 난 반찬 투정을 하였다. 그래서 형한테 무척이나 혼났다.

나는 학교 갈 때 아주 화내면서 갔다. 한편으론 형한테 미안한 감도 있었다. 그렇게 학교에 갔다. 그런데 하필 실내화를 가져오지 않았다. 그리고 또 하필이면 흰 양말을 신고 왔다. 그래서 기분 나쁘게 교실에 들어섰다. 숙제가 두 개 겹쳐서 아침 자습시간에 손에 불이 나도록 숙제를 했다. 다행히 1교시 되기 전까지 다했다.

그렇게 수업이 끝나고 음악 시간에 음악실에 가려는데 바닥에 물이 고여 있었다. 실내화도 안 신어서 더더욱 음악실 가기가 힘들었다. 음악 시간이 끝나고 기대하고 기대하던 점심시간이 돌아왔다. 얼마나 배고팠던지 배와 등이 붙을 지경이었다.

점심 때 줄을 섰는데 우리 반이 새치기를 하였다. 그래도 난 우리 반 차례에 먹었다. 마음 한구석이 참 뿌듯하였다.

급식은 초등학교 때보다 좋은 것 같다. 맛있고 양도 많이 준다. 그래서 난 오늘도 참 맛있게 잘 먹었다. 그리고 다시 교실에 들어왔다. 그런데 너무나도 할 게 없었다. 난 휴식을 취하며 좀 심심하게 점심시간을 보냈다. 그리고 다음 수업을 하려고 하니 갑자기 피곤하고 졸렸다. 점심시간에 휴식을 취했어도 너무 피곤했다. 난 그걸 꾹 참으며 눈을 부릅떴다. 겨우겨우 5교시가 끝났다. 잠에서 깨려고 세수를 해 보았다. 허나 별다른 소용이 없었다. 그렇게 6교시를 졸리게 보냈다. 그리고 청소 구역인 창문을 반짝반짝하게 닦고 학교가 드디어 끝났다.

버스 정류장에 가는데 매점이 날 유혹했다. 하지만 꾹 참고 버스 정류장에 갔다. 사람이 많고 또 시간도 많이 남아서 아래로 내려갔다. 그래서 일찍 버스를 탔다. 자리가 있어서 기분이 좋았다. 난 중학생이 돼서 버스 자리에 한 번도 못 앉아 봤는데 처음 앉아 봤다. 너무나 편안하였다. 역시 노력한 사람이 그 혜택을 받는 것 같다.

집에 가는 도중에 친구들과 게임 얘기를 하며 갔다. 그런데 집에 가는 길이 무척이나 힘겹고 고통스러웠다. 겨우 집에 도착해 교복 벗고 컴퓨터를 켰다. 그리고 게임을 하였다.

할머니께서 밥을 먹으라고 했는데 내가 컴퓨터에 정신이 팔려 할머니께서 하신 말씀을 못 알아들었다. 그래서 결국엔 할머니께

꾸중을 들었다. 밥을 먹고 다시 또 컴퓨터 게임을 하였다. 그러다 갑자기 형이 왔다. 나는 형한테 무척이나 혼났다. 나는 좋아하는 게임은 못하고 수학 공부를 하였다. 이럴 땐 진짜 공부가 안 된다. 난 지루하게 공부를 하였다. 그리고 형한테 많이 맞아 가며 공부를 하였다. 이때 난 형한테 증오심이 생겼다. 그래서 내가 화를 냈더니 오히려 더더욱 얻어맞았다. 난 참아가며 공부를 하였다. 이렇게 11시까지 하였다. 너무나 힘이 들었다. 난 오늘 이렇게 하루를 보냈다. 참 피곤하고 많은 일이 있었던 날인 것 같다. 나쁜 일은 실내화 놓고 간 거, 숙제, 형한테 얻어맞은 일이다. 오늘은 좋은 일이 별로 없던 것 같다.

약속

정정은

모든 사람은 한 가지씩 자신과 한 약속이 있을 것이다. 남자 친구가 있는 사람은 "잘 해줘야지.", "헤어지면 안 돼." 뭐 이런 거겠지?

하지만 난 남자 친구가 없으니까 "남자 친구 사귀었으면 좋겠다." 라든지 "멋있는 남자나 꼬셔 봤으면." 그런 거다ㅋㅋ ^-^.

하지만 지금은 학생이다. 그것도 중학생 ㅋ. 그 중에서도 1학년이다. 1학년은 제일 불쌍하다. 언니들의 구박을 한 뭉텅이로 받는다. 움하하하하. 중학생이라 그런지 지금은 공부가 제일 신경 쓰인다. 중학교 들어올 때 진짜 열심히 해야지! 이러고 들어왔는데, 기죽지 말아야지, 이러고 들어 왔는데, 힘들다, 너무 힘들다.

공부…… 라는 단어 그 자체가 싫다. 열심히 하기로 했지만 학교에서도 공부하고 집에서도 공부하고. 아마 공부가 고문 중에서 제일 힘든 고문일 것이다. 나를 아주 어둠의 구렁텅이에 밀어 넣는 짓이다. 그래서 난 공부 열심히 하는 약속은 지키지 못할 것 같다. 아까 말한 것처럼 난 남자 친구가 없다. 남자 친구를 사귀고 싶어도 내가 좋아하는 사람이 아닌 이상 난 싫다-ㅁ-;. 그 이유는 모르겠다. 그냥 싫다ㅋㅋ. 그래서 내가 지금 좋아하는 사람이 나를 조금이나마 좋아해 줬으면 좋겠다^0^. 내가 그 오빠한테 고백할 수 있는 그 날까지 이 약속은 변하지 않을 것이다. 용기가 생겨 오빠한테 고백을 했는데 차여도 괜찮다. 그런 용기가 있다는 것만으로 기쁨이다. 이렇게 나에게 한 약속을 다 지켰을 경우, 난 아마 perfect 걸이 될 것이다.

나에게 왜?

이은재

나는 나 자신과 한 약속이 있다. 남들 앞에서 약한 모습을 보이지 않는 것이다. 나는 집에서 아무리 안 좋은 일이 있어도 학교에서는 오버하며 웃고 떠든다. 약한 모습을 보여서는 절대 안 된다고 나 자신과 약속을 하였기 때문이다. 사실 우리 집은 그다지 화목한 가정은 아니라고 다들 말한다. 어디까지나 다른 사람들이 보는 기준이지만 말이다. 부모님께서 별거하고 계시고 이제 막 이혼까지 하려고 하시기 때문이다. 이런 우리 집 사정을 어쩌다 알게 된 사람들은 나를 보고 불쌍하다고 하지만 나는 내가 왜 불쌍한지 모르겠다. 나는 전혀 불쌍하지도 불행하지도 않은데 말이다. 부모님께서 성격 차이로 별거하실 수도 있는 거고, 다른 사람이 좋아져서! 재혼을 할 수도 있는 건데 말이다. 이해가 잘 되지 않는다. 부모님이 이혼한 아이는 뭐가 다르다고 생각하는 것일까? 나를 생각해준다고 하는 행동과 말이 나에게 더 상처가 된다는 것을 모르는 것일까? 언제부터 불쌍한 아이의 기준이 부모님이 이혼한 아이로 바뀌게 되어버린 것일까?

이렇듯 나는 약해지고 싶어도 약해질 수 없는 아이이다. 나와 같은 일을 겪어본 사람이 아닌 이상 이런 내 기분을 다른 사람들은 죽어도 못 느낄 것이다. 그렇기 때문에 나는 다른 사람들 앞에서 더더욱 강해져야만 한다. 그게 나 자신과 하는 약속이다.

사실 늘 괜찮은 척 강한 척하는 내가 때때로 한심해질 때도 있다. 대체 '언제까지 끝나지 않는 연극을 해야 하나.' 이런 생각을 하며 말이다. 어쩌면 나 자신이 나를 더욱 더 비참하게 만들고 있는지 모른다.

하지만 지금만큼은 내가 나 자신을 지키는 것이 최선의 방법이라고 생각한다. 그리고 나는 지금 이 순간에도 다른 사람들에게 약한 모습을 보이지 않으려 노력하고 있다. 이 약속이 언제까지 지켜질지 모르겠지만 말이다.

엄마에게 쓰는 편지

김이슬

엄마, 갑자기 편지를 쓰려니깐 잘 안 되네^ ^;;.

음, 엄마 요즘 몸 많이 약해지고 아픈 거 알어. 그런데 도와주지 못해서 진짜 많이 미안해. 맨날 조금만 움직이고 힘써도 머리 아프고 어지럽다고 그러는데. 나 혼자 귀찮다고 엄마 안 도와주고, 짜증부리고, 소리 지르고, 화내고. 그런데도 엄마는 다 받아주고, 나 화나거나 삐치면 웃으면서 풀어주는데, 그런 엄마 맘 알면서도 바보같이 못된 딸 돼서 미안해. 맨날 이렇게 엄마 생각하면 잘해야지, 진짜 착한 딸 되어야지 그러는데 그게 마음대로 안돼. 그거 알지? 맘하고 몸하고 따로 노는 거.

그 때도 엄마 많이 아파서 쓰러지구, 의식도 잘 못 찾고, 그런 거 다 보고, 그리고 울고 그랬잖아. 그 때도 정말 엄마한테 잘해야겠다, 엄마 마음의 병 없어지게 진짜 잘 해야겠다 그러는데, 왜 자꾸 그거 잊어버리고 못 되게 굴지? 바보 같아, 정말. 그 상황에만 흥분해서 다 잊어버리고. 엄마 또 힘들게 하고 그리고 엄마 다시 아프면 후회하고, 진짜 바보 같아. 그치?

나 이제까지 실제로 엄마한테 사랑한다고 말한 적 없지? 낳아

줘서 감사하고 고맙다는 말도 한 적 없지. 밖에선 그렇게 까불대면서 왜 집에선 그렇게 말이 안 나오지? 사랑한다고, 고맙다고, 미안하다고, 잘 하겠다구. 진짜 이상해. 지금도 봐. 이렇게 잘 쓰는데 말로는 안 나와. 뭔가 이상하단 말이지.

밭일도 하기 힘든 거 내가 가기 싫다고 버티면, 엄마 혼자 어쩔 수 없이 가서 그 많은 일 밤 늦게까지 하다 오고. 힘들어서 눈에 힘도 풀리고. 기진맥진해 들어와서 이곳저곳 아프다고 그러는데 안마도 안 해 주고, 엄마가 아파서 짜증내면 내가 더러 화내고, 진짜 못됐어, 그치.

엄마 이제까지 너무 힘들게 살아서, 여기저기 안 아픈 데도 없고, 성한 데도 없잖아. 고혈압에, 심장도 약하고. 화병에, 허리도 아프고, 어깨도 맨날 근육 뭉쳐 있고. 병원 가서 침 맞으래도 안 맞구. 그렇게 아파하면서 왜 안 가. 내가 아프다면 들쳐 업고서도 병원 데리고 갈 거면서, 바보 같아.

지금 보면 우리 엄마, 나보다 키도 작아졌어! 아니 내가 커졌어. 엄마 눈가에 주름살도 생겼고, 어렸을 땐 엄마 그때 그 모습 그대로 있을 줄 알았는데, 좀 변했어. 괜찮아. 아직 조금밖에 안 변했어~.

가끔, 엄마가 없을 때를 상상해 보기도 해. 그럴 때마다 맨날 울어. 우리 엄마 없이 어떻게 살아. 나 맨날 울 거야, 죄인 같을 거고, 많이 힘들 거야. 그러니깐 아픈 것도 빨리 낫고 나랑 오래오래 살아야 해!

엄마 그거 알어? 나 소원 빌라면 맨날 똑같은 것만 빌어. '우리 가족, 건강하고 행복하게 오래 살 수 있게 해 주세요.' 라고. 진짜!! 거짓말 하나도 안하고! 뭐, 가끔 뒤에 내 꿈 이룰 수 있게 도와달라고도 하지만 히히. 아무튼 그게 진짜 이루어졌음 좋겠어. 좀 힘들지도 모르지만. 이루어지려면 내가 더 잘해야겠지? 아직 너무 부족해!

내가 엄마한테 나중에 커서 성공 못해도 돈 틈틈이 모아서 아빠랑 엄마랑 해외여행 시켜준다고. 한 9박 10일이랬지? 돈도 꽤나 많이 들 거야! 그때 기대해! 아주 멋진 여행 시켜 줄 거니까!

우리 가족 다 O형인데, 왠지 엄마 성격이 다른 것 같다고 느꼈어. 근데 엄마가 시집오고 많이 달라졌다고 그랬지. 그때 괜히 마음이 아팠어. 성격이 바뀔 만큼 힘들었나.

엄만 맨날 참고 참잖아. 캔디도 아니면서! 한번쯤은 그냥 엄마 편히 해 봐. 내가 엄마 대신 다할 게! 할아버지 할머니 우리가 맏이가 아닌데도 엄마 여지껏 잘 모셨잖아. 힘든 일도 많았고 정말 그랬지만 엄만 맨날 다 참았어. 눈물이 나와도 우리 앞에서 보이지 않으려고 노력했구. 그런 엄마 보면서, 나쁜 생각도 많이 했어. 하나밖에 없는 우리 엄마 너무 힘들게 하는 사람들이 미워서 나쁜 생각 많이 했어. 맨날 다 참고 이해하는 우리 엄마 너무 힘들게 해서 그랬어. 씨. 글 쓰는데 너무 슬프잖아.

지금 보니깐 다 엄마 아픈 얘기들만 나온다, 이런.

음, 공부 잘 하려고 노력하는데, 왜 안 되지? 솔직히 점수 잘 받아서 엄마 기쁘게 해드리려고 했거든 근데 왜 이렇게 점수가 안 나오는 거야! 진짜 맘대로 안 된다.

엄마, 혹시 내가 어렸을 때 했던 말 기억나? 나 결혼 안하고 엄마랑 같이 살겠다고 막 그랬잖아. 근데, 맘이 변했어, 결혼하려고. 히히! 질투하지 않을 거지? 그래도 나한테 엄마 밖에 없어! 엄마가 최고야! 알지? 엄만, 아빠가 최고야? 히히 이러다가 부녀지간 싸움 나겠다.

엄마, 엄마 잘 때 가끔 "아이구." 하면서 앓는 거 알어? 허리 아프다고 다리 아프다고. 그럴 때 나 돌아누워서 울은 적도 있다. 효녀지? 지금 엄만 거실에서 자꾸 자라고 소리치네?

이 숙제 왠지 좀 괜찮은데? 이런 거 여러 번 해 보는데 왠지 기분이 색다르네. 자주자주 긴 편지 써 봐야겠다.

나 잘 때 혼자 귀신 생각하느라고 무서워서 잠 못 자는 거, 엄마도 다 알지? 그래서 엄마 맨날 거실에서 같이 자 주잖아. 같이 자면서도 나한테 찬바람 안 오게 바람 오는 쪽에서 엄마가 자구. 한 번은 내가 자려고 누우면, 결국은 나 저쪽으로 보내고 거기서 자구. 이제부터는 내가 거기서 잘 거야!

지금도 엄마 거실에서 거기 자리 잡고 있구나. 나 이거 빨리 쓰고 씻고 자야지. 엄마 끌어안구! 이따가 어색하더라도 꼭 자기 전에 사랑한다구 해야지! 근데 오빠 땜에 좀 걸리네. 부끄러운데. 해봐야지, 장난스럽게라두 해 봐야지! 사랑한다구. 이 말 지금 아니면 더 늦어질 것 같아. 빨리 해 버려야지!

엄마~!! 알라봉봉〉_〈♡ 히히.

제 2 부

아름다운 사람

- 우리 집
- 우리 학교
- 우리동네
- 아름다운 사람
- 가장 듣고 싶은 말
- 가장 듣기 싫은 말
- 혼자 힘으로는 할 수 없어요
- 나에게 영향을 준 사람

꼭대기 집

백서연

우리 집은 북면 오곡리라는 조그만 마을의 꼭대기 집이다. 그렇다고 완전 꼭대기는 아니다. 우리 집 위로 조금 올라가면 작은 암자가 하나 있다. 그 암자에는 스님 비슷한 사람이 몇 명이 산다. 그런데 솔직히 스님은 아닌 것 같다-_-. 저번에 어떤 머리 빡빡 깎은 젊은 아저씨가 와서,

"전화 좀 빌리겠습니다."

라고 하곤 수십 통은 했다-_-^. 칫. 그리고 전화비도 안 주고 갔다. 도대체 중이라고 예의가 없어. 마음씨는 저번에 계시던 할머니 중이 좋으셨는데, 80이 넘으신 것 같던데 정정하셔서 산도 막 올라 다니셨는데 요새는 안 보인다. 수박하고 참외도 주셨는데. 하하, 그렇다고 그 할머니가 좋은 건 아니다.

우리 아빠는 오곡 2리 이장이다. 난 아빠가 이장 일 하는 것이 싫기도 하고 좋기도 하다. 우선 좋은 점은 아빠가 무기력증에 안 걸려서 좋다. 무언가 할 일이 있으면 무기력해지진 않으니까 말이다. 그런 점에선 난 아빠가 자랑스럽다. 하지만 나쁜 점도 있다. 아빠는 그리 젊지도 않지만 우리 마을에선 아빠가 청년이다. 그래서 아빠

가 힘든 일을 해야 한다. 그래서 왠지 손해 보는 느낌이 든다.

내 동생은 초등학교 5학년이다. 요즘 애들은 너무 성숙하다는 걸 내 동생을 보고 느낀다. 여자를 밝힌다고 해야 되나-_-ㅋ. 그리고 어떤 땐 아주 많이 느끼하다. 하지만 그만하면 꽤 괜찮은 동생이다. 어차피 난 누나니까 내가 양보해야 되지만 그건 잘 못하겠다. 그래서 맨날 싸운다. 말로는 내가 항상 이긴다. 말빨이 쎄서 그렇다. 내 동생하고 있으면 느는 건 욕하고 말빨밖에 없다. 아마 내 동생도 그럴 것이다.

우리 엄마는 학교 앞에서 문방구를 하신다. 모든 일이 항상 그렇듯 좋은 점도 있고 나쁜 점도 있다. 우선 좋은 점은 학교 준비물을 깜박 하면 다다다 뛰어가서 가져오면 된다. 나쁜 점은 나도 프라이버시가 있는데, 엄마는 너무 많은 것을 알고 계신다는 것이다. 그래서 어떤 때는 기분이 나쁘다. 나도 가끔씩은 영어 독해 같은 거 빠지고 싶고, 수업 시간에 뭐 잘못하면 다 엄마 귀에 들어가는 것도 싫다. 오늘 트럼프 카드를 가지고 갔다가 선생님한테 압수당했는데 엄마가 내가 말하기도 전에 알고 계셨다. 실은 엄마 몰래 가지고 간 건데ㅠ.

우리 옆집에는 외할머니, 외할아버지께서 사신다. 작년 2월쯤에 오셨다. 여기가 원래 할머니, 할아버지께서 사시던 곳이라서 아시는 사람도 많고, 또 할아버지가 시골을 좋아하셔서 여기로 내려오셨다.

할머니는 고스톱을 좋아하신다. 그래서 추석, 설날 등 명절에는 온 가족들이 모여서 밤새도록 고스톱을 치신다. 혼자서는 심심하셔서 성경책을 읽으시거나, 고스톱을 두 패로 나누어서 두 패를 모두 치신다. 서울에 계실 때는 동네 할머니들하고 치셨겠지만 여기 내려오시니까 심심하신 모양이다. 내가 말동무를 해드리면 좋은데 그러지 못한다. 공부하느라 바빠서라기보다는 귀찮아서 자주 안 가게 된다.

그리고 할아버지는 서울 계실 때 택시 운전을 하셨는데 시골에 내려와 개 키우시는 게 재미있으신가 보다. 큰 이모가 주신 시베리안 허스키 종인 '잭'은 할아버지가 애지중지 하시는 개다. 그 녀석은 매우 잘 생겼다. 눈을 보면 빨려 들어갈 것 같다. 하지만 어떤 땐 무섭다. 잭은 성질이 더럽다. 저번에 날 세 번이나 물려고 했다. 짜증날 법도 한데 그래도 좋다. 며칠 전에 새끼를 일곱 마리 낳았다. 새끼들 앞을 매일 지키고 앉아 있다.

우리 집은 바깥식구가 많다. 소들도 꽤 있고, 닭도 있고, 병아리도 있다. 개도 있다. 난 소도 무섭지만 닭이 더 무섭다. 저번에 아빠를 쪼으려고 했다-_-. 나쁜 닭대가리 같으니라고, 지 밥 주는 사람도 몰라보고. 수탉은 나한테 개긴다. 그래서 난 수탉이 싫다. 그 녀석을 닭도리탕 해 먹고 싶다. 아마 쫄깃쫄깃하고 맛있을 거다.

소들은 온순하다. 우리 소들은 눈이 제일 예쁘다. 속눈썹이 길어서 그런가? 소들은 느긋하다고 하던데 우리 소들은 안 그렇다.

저녁 5시 30분만 지나도 밥 달라고 고래고래 소리를 지른다. 그래서 우리 아빠는 소들한테 시계를 맞추신다. 어디 나가셔도 5시 30분까지는 꼭 들어오시니까 말이다.

개는 네 마리 있다. 전에는 더 많았는데 아빠가 버거우셔서 다 팔았다. 우리 귀염둥이 곰보도 팔았다ㅠ. 지금 있는 개들 중 세 마리는 코커스패니얼이고 한 마리는 진돗개다. 세 마리 이름은 블루, 사랑이, 초롱이다. 블루는 원래 버림받은 개였다. 어떻게 하다 보니까 아빠가 받게 됐다. 세 마리 다 성격이 비슷하다. 산만하고 정신이 없다. 처음엔 몰랐는데 그게 코커스패니얼의 특성이었다-_-. 진돗개인 우리 뽀삐는 원래 내가 다니던 피아노 선생님 개였는데 우리 집으로 왔다. 우리가 샀었나, 그냥 주셨었나, 어릴 적이라 기억이 잘 안 난다. 눈물을 글썽거리던 피아노 선생님하고 침을 질질 흘리던 뽀삐밖에 생각이 안 난다. 뽀삐도 꽤 영리한데 찰랑이보단 아니었다. 찰랑이는 뽀삐하고 많이 비슷하게 생겼었다. 근데 우리 찰랑이는 뽀삐보다 영리했다. 먹을 것을 조금 밝히고 가끔 줄을 끊고 집을 나가 며칠 지난 후에 돌아오긴 했어도 말이다. 어렸을 땐 우리가 외출하면 1킬로미터까지 따라왔었다. 두 번만 봐도 누군지 알아보고 먹을 것이 어디 있는지도 잘 찾았다. 우리 찰랑이는 싸움도 잘했다. 자기보다 젊고 큰 녀석이랑 붙어서 당당히 승리했다. 근데 6월쯤에 죽었다. 심장 사상충이었다. 찰랑이는 우리가 이사 와서 처음 산 개였다. 아빠가 많이 슬퍼하셨다.

나도 슬펐다. 하지만 뽀삐가 빈 자리를 점점 채워 주는 것 같았다.

그리고 우리 집 구조를 말해 보자면 우선 방이 많다. 화장실 한 개, 부엌 한 개, 마루 한 개, 방은 다섯 개 있는데, 정작 잘 수 있는 방은 세 개밖에 없다. 나머지 두 개 중 한 개는 새로 지은 방인데, 주변을 전혀 고려하지 않고 만들어서 습기가 차고 너무 춥다. 그래서 그곳은 지금 창고로 쓰이고 있다. 엄마가 문방구를 하시다 보니까 노트, 사탕, 초콜릿, 빼빼로 등 다양한 물건이 늘 한가득 쌓여 있다. 가끔 아빠가 문서를 작성하는 곳이기도 하지만 말이다. 또 나머지 한 개는 통로 역할밖에 안 한다. 냉장고하고 장롱하고 피아노하고 몇 가지 옷밖에 없다. 아, 전자레인지하고, 김치냉장고도 있다.

내 방은 가장 최근에 지은 방이다. 아빠가 지으셨다. 내 방이 제일 볕이 잘 든다. 난 내 방에서 자고 공부한다. 내 방은 창문이 많다. 그래서 밤에 창문에 가로등 불빛이 비치는데 가끔 좀비가 창문에 붙어 있는 듯한 착각을 느낀다.

우리 집엔 아궁이가 있다. 고유가 시대에 잘 맞는 집이다. 아궁이는 두 개다. 내 방 쪽에 한 개, 엄마 방 쪽에 한 개가 있다. 한쪽에 불을 때면 다른 쪽에서 연기가 난다. 어떤 땐 굴뚝에서도 난다.

완전 꼭대기는 아니지만 꼭대기인 우리 집. 저녁이면 산 끝까지 뭉실뭉실 까만 연기가 피어오른다.

행복한 우리 집

변주영

우리 집은 천안시 북면 양곡리에 있다. 주변 환경이 깨끗하고 나무가 많아서 그늘이 많고 쉴 공간이 많아 집중하기가 쉽다. 정원을 잘 가꿔나서 봄 여름 가을이면 예쁜 꽃을 볼 수 있다.

우리 집엔 4명의 가족이 산다. 할아버지, 할머니, 엄마, 나. 만약 엄마 아빠가 이혼을 하지 않았다면 외할머니, 외할아버지를 일 년에 몇 번밖에 못 보았을 것이고, 그러면 나에게 엄청 소중한 분이 안 되었을 것이다. 나는 엄마 아빠가 이혼한 것을 원망하지 않는다. 아마 아빠랑 살았다면 매일마다 고독한 생활을 했을 것이다. 하지만 지금은 너무나도 행복하다. 그래서 하늘에 감사드리는 마음이다.

이제부터 우리 가족을 소개하겠다. 우리 집 가장 어른이신 할아버지. 마음이 넓으신 분이다. 필요한 것은 직접 나무로 만드시는 분이다. 우리 할아버지께서는 내가 어렸을 때 수술을 하셔서 대변을 배 쪽으로 보신다. 하지만 지금은 건강하다. 수술을 해서 기적적으로 살아나셨기 때문이다.

우리 할머니. 우리 할머니께서는 폐암에 걸리신 것도 모르시고 일을 열심히 하신 분이다. 할머니께선 혹이 있는 줄 아신다. 그래서 1월 31날 수술을 하셨다. 그래서 지금은 병원에서 누워 계신다.

이제 우리 엄마. 우리 엄마는 나를 잘 키우기 위해서 면사무소 근로 작업에 다니신다. 하루에 19,000원 받고 다니신다. 조금이라도 나를 키우려고 일을 다니신다. 우리 엄마는 초등학교도 다니다가 마셨다. 하지만 그래도 우리 엄마라서 괜찮다.

이제 나. 나는 우리 집 이쁜이다. 내가 할머니를 좋아하고, 또 할머니와 진짜 오래 살아서 정이 많이 쌓였다.

엄마가 없어서

김주연

우리 집은 연춘리 금오 아파트이다. 우리 집 주변에는 잠자리들이 참 많다. 그래서 난 잠자리를 많이 잡는다. 우리 가족은 4명이다. 아빠, 나, 진아, 민지. 우리 아빠는 일을 하신다. 그래서 항상 새벽에 나가시고, 오후나 저녁 아니면 안 들어오실 때도 있다. 아빠가 안 들어오실 때는 예전엔 전혀 그런 걸 못 느꼈는데 이상하게도 아빠가 무지 걱정된다. 무슨 일이라도 생길까 봐 밤마다 걱정한다. 아빠가 차로 일을 하시기 때문이다. 아빠는 무지 무거운 것들을 싣고 달리신다. 나도 따라갈 때가 많은데, 덜컹할 때마다 무지 무섭다. 그리고 가끔은 가다가 바퀴가 빵구 나기도 해서 정말 위험하다. 우리 아빠는 참 좋으신 분이다.

우리 아빠는 참 깔끔하시다. 그리고 항상 우리를 웃게 하신다. 하지만 화날 때는 무지 무섭다. 근데 요즘은 잘 안 때린다. 때려도 우리가 말을 듣지 않는 것은 똑같기 때문이다. 그래서 잘 안 때리신다. 근데 완전히 안 때리는 건 아니고, 우리가 아주 크게 잘못했을 때만 종아리를 때리신다고 하셨다. 그리고 내 동생 2명. 진아랑 민지. 진아는 둘째인데 성질이 좀 드럽다. 좀만 장난해도 금방

화를 낸다. 그래서 난 진아랑 싸울 때가 종종 있곤 한다.

그리고 막내 동생 민지는 좀 순진하다. 내가 시키는 것도 잘하고, 성격도 괜찮은 편이다. 그런데 진아랑 민지는 거의 맨날 싸운다. 둘은 엄청 잘 싸운다. 그래서 시끄러울 때가 많다. 근데 민지는 이상한 게 아빠가 있을 때만 진아한테 까불고, 아빠만 없으면 바로 맞는다. 그래서 나도 민지의 그런 면을 싫어해서 진아 편을 든다ㅋㅋ. 민지는 아빠가 없으면 진아한테 맞아서 운다. 난 시끄럽다고 하고, 진아는 그냥 저 혼자 중얼거린다.

우리 집엔 엄마가 계시지 않는다. 우리 엄마는 내가 3학년 때 집을 나가셨다. 그 전에도 몇 번 나가셨는데…… 들어오실 때가 많았는데…… 이번엔 중1이 되도록 들어오지 않았다. 난 그 후로 엄마를 딱 두 번 봤다. 설날 때랑 초등학교 6학년 때 학교에 오신 엄마를 보았다. 근데 난 엄마가 그렇게 보고 싶지 않다. 우리를 버렸기 때문이다. 근데 정말 보고 싶을 때도 많이 있다. 내가 너무 힘든 일을 많이 하고, 그럴 땐 정말 엄마가 밉고, 또 보고 싶기도 하다. 내 동생들은 어린 나이에 엄마가 없어서 참 불쌍하다. 내가 큰딸이니까 엄마 역할을 해야 한다. 뭐냐면 설거지나, 집 청소, 빨래 등등……. 그래도 내 동생들이 청소나 그런 걸 많이 도와주기 때문에 그렇게 힘들지는 않다. 예전보다는 덜 힘들다. 우리가 빨리 커서 아빠를 호강시켜 드리고 싶다.

우리 학교 풍경

홍성현

오랜만에 우리 학교 자연환경을 관찰하였다.
부는 바람에 봄 냄새가 나는 것 같다.
풀 냄새가 너무 좋다.
이게 바로 자연의 바람인 것 같다.
학교에 푸르른 잎이 피니 운동장이 달라진 것 같다.
운동장이 푸르른 바닷가로 변한 것 같다.
어떤 나무에는 새집이 있었다.
그만큼 나무의 수명이 길다는 뜻 같다.
은행나무는 나뭇잎 모양이 좋다.
하지만 가을이 되면 은행 냄새가 이상하다.
나는 은행나무의 이런 점이 싫다.
우리 학교는 나무가 둘러싸고 있는 것이 포인트이다.
또 가는 길에 쑥도 보았다.
우리 학교는 없는 것이 없다.
쑥에서는 자연의 향이 난다.
쥐똥나무는 열매 모양이 쥐똥 모양이라서 이름이 쥐똥나무이다.

또 길을 가다가 사슴벌레 유충을 보았다.
애벌레 같이 생겼다.
땅속에서 개미 유충을 보았다.
플라타너스 나무에서 하늘소도 보았다.
소나무 송화에서 송홧가루를 보았다.
송홧가루는 눈에 들어가면 안 좋다.
우리 학교는 자연 그대로이다.
버섯도 보았다.
자연 그대로의 버섯.

작은 식물원

성진희

학교 수변을 관찰하기 위해 밖으로 나갔다. 맨 처음 나가자 벤치가 있었다. 그 벤치에는 등나무가 뒤엉켜 더위를 피할 수 있는 숲 같은 지붕을 하고 있었다. 마치 포도나무 같았다. 나와 애리는 학교 뒤쪽도 가 보기로 하였다. 학교 뒤쪽에 꽃을 심으려고 마련해 둔 화분 받침과 화분이 있었다. 그것을 보고 애리가 "이게 왜 여기 있지?" 그래서 내가 대답했다. "전에 우리 학교에도 이런 거 있었어. 이거 꽃 심을려고 그런 걸 껄?"

우리는 말없이 걷다가 물소리를 들었다. "애리야 이리 와 봐." 내가 말하자 "왜?" 애리가 말했다. 우리는 물소리가 나는 곳을 찾았다. 그쪽에 물이 쫄~쫄~쫄 흐르고 있었다. 신기했다. 우리 학교 뒤에 물이 흐르고 있다니!!

우리는 길을 따라 쭉 걸었다. 급식실 있는 곳으로 걸었다. 그곳엔 땅이 파여 있었다. 우리는 매점 쪽을 걷다가 장미원을 발견했다. 이상한 곳 같았다. 으스스해서 들어가지 않았다.

얼마 가지 않아 까치가 죽어 있는 것을 발견했다. 주변에 깃털이 막 날려 있었다. 불쌍했다. 운동장 쪽으로 향했다. 그곳에 우리 반 용기와 선생님이 있었다. 우리는 선생님을 발견하고 그쪽으로 달려갔다. 선생님께서 씀바귀 뿌리를 먹고 계셨다. 우리에게 권했지만 써 보여서 "No, thank you." 라고 말했다ㅡㅋ. 선생님께서 우리에게 쥐똥나무를 소개해 주셨다. 그리고 무슨 나뭇잎을 따다가 만져 보라고 하셨다. 참 보드라웠다. 그 나무는 플라타너스 나무였다.

플라타너스하면 아픈 추억이 떠오른다. 제가 초등학교 때 일이었어요. 낙엽(플라타너스 이파리, 가을이면 처치 곤란) 하면 모두 바들바들 떨었죠. 낙엽 줍기의 추억. 가을만 되면 운동장에 눈처럼 소복소복 낙엽이 자꾸 쌓여만 간다ㅠㅠ. 우리는 그것들을 보면서(애처로운 눈빛으로) 허리를 굽혀 빨간 양동이에 처넣어야 했다(주어야 했다).

에공, 이런 생각을 하며 가고 있는데, 용기가 사슴벌레 유충을 발견했다ㅡㅋ. 흐헉, 징그러웠다. 근데 쪼까 귀여웠다ㅋㅋ. 흐헉ㅇㅡㅇ, 이런 눈으로 사슴벌레 유충을 바라보다가 우리는 한없이 또 걸었다.

아이들이 몰려 있는 걸 발견했다. 아이들의 화젯거리는 또, 곤충. '에공, 왜케 곤충들을 못 살게 굴어.'

이번엔 개미집이다. 아이들이 집을 부수고 유충을 찾는다고 난리다. 드디어 찾았나 보다.(잠시 회상 中)

운동장에서 본 그리고 학교 뒤쪽과 앞쪽에서 본 자연들. '물, 새

싹, 등나무(포도나무 같은 것, 이름이 등나무라고 함), 까치, 사슴벌레 유충, 개미 유충, 쥐똥나무, 플라타너스 나무 등등.' 나의 놀라움이 하늘을 치게 한다. 꼭 작은 식물원에 온 듯했다. 이로써 나의 관찰이 끝났느냐?? 당근 아뉘쥐~ㅋ. 난 향나무에 꽂힌 영양 주사를 보았다. 으휴, 불쌍한 것.

학교 관찰

이나라

평소에 나는 무심코 지나쳤던 것이 너무도 많다. 그 중 하나는 몇 개월 동안 다닌 우리 학교 풍경이다. 항상 지각을 하거나 버스를 놓칠까 봐 학교를 자세히 보지 못했다. 그리고 우리 학교 진입로가 비탈져 힘들게 올라야 하기 때문에 '가장 가기 싫은 길.'이라고 생각해 왔다.

하지만 얼마 전 밖에서 우리 학교를 관찰해 보니 평소에 보지 못했던 것들을 보게 되었다. 첫 번째는 토끼풀이었는데 그냥 지나치다 못 본 토끼풀이 길가에 드문드문 나 있었다. 어렸을 때 그 꽃으로 반지 같은 걸 만들곤 했는데, 요즘 그 꽃은 나의 기억 속에서 거의 잊혀진 꽃이 되어 버렸다.

두 번째로 장미꽃을 보았다. 장미가 아예 없는 줄로만 알았는데 장미가 피어 있었다. 얼마 없지만 어쨌든 넓은 곳에 몇 개라도 피어 있으니까 그것도 예뻤다.

세 번째로 본 것은 개망초라는 꽃이다.(나는 원래 이 꽃의 이름을 계란꽃이라고 알고 있었는데, 알고 보니 정확한 이름은 개망초였다.) 개망초는 운동장과 길이 이어진 계단 양 옆에 있었다. 키가 크고 생김새는 계란 프라이 같아서 정말 귀여웠다.

네 번째는 항상 봐왔던 것이다. 잔디인데 조회대가 있는 앞쪽에 잔디가 제일 많고 운동장을 잔디가 둘러싸고 있다. 특히 조회대가 있는 쪽은 큰 나무와 잔디가 같이 어우러져 있어서 예뻤다.

마지막 다섯 번째는 민들레 씨앗이다. 하지만 우리 학교에서 민들레 씨앗은 거의 찾아보기 힘들다. 이것도 옛날에 입으로 불어서 날아가게 했는데 요즘은 어딜 가나 별로 없어서 그것도 해 본 지 오래다.

이렇게 우리 학교를 관찰해 보았다. 평소에 보지 못했던 꽃들이 피어 있었고, 조금이라도 꽃이 피어 있으니 예뻤다. 하지만 우리 학교 주위를 관찰하면서 꽃만 본 것이 아니다. 쓰레기도 만만치 않았다. 대부분 과자 봉지나 빵 봉지 같은 것이었는데 쓰레기를 버리니 학교를 더 망쳐 버리는 것만 같았다.

우리 동네

윤승연

우리 동네는 매곡리라는 시골 마을이다. 우리 마을에는 자랑거리가 하나 있다. 그것은 바로 동네에 있는 느티나무이다. 난 할아버지 할머니와 같이 살고 있다. 우리 집은 할아버지 할머니가 손수 지으시고, 할아버지 할머니의 고향이기도 하다. 그래서 난 우리 마을의 정보나 전통을 우리 마을 어르신들보다 잘 알고 있다. 우리 마을은 어느 곳보다 포도가 맛있고 많이 팔린다. 그리고 내가 아까 말했던 느티나무는 우리 할아버지보다 한참 형님이시다. 우리 할아버지 할머니보다 훨씬 오래 살았다. 할아버지 연세는 78세이고 할머니 연세는 71세이다. 그 느티나무는 200년이 넘었다고 한다. 우리 마을의 전통은 옛날부터 200년이 넘은 그 느티나무 앞에서 기도를 하고 잔치를 하는 것이다. 난 어렸을 때 마을 잔치 하는 날 느티나무 밑에서 할머니가 해주신 부침개를 먹은 기억이 있다. 그런데 웃기는 게 우리 동네에는 어르신들이 지켜야 할 규칙이 두 가지 있다. 하나는 느티나무 밑에서는 술 대신 음료수나 물을 드셔야 한다는 것, 그리고 또 하나는 담배를 피우면 안 된다는 것이다. 그래서 담배 대신 땅콩 사탕이나 다른 사탕을 드셨다고 한다. 그런데 왜 이런 규칙을 지켰느냐 하면, 한마디로 말하자면, 우리 마을 대장 느티나무 앞에서 예의를 지키기 위해서라고 한다. 어떻게 보면 참 재미있는 마을인 것 같다. 하지만 지금은 그 규칙이 잘 지켜지지 않는다. 옛날처럼 규칙이 지켜졌으면 좋을텐데 아쉽다. 그리고 또 몸이 편찮으신 어르신들을 위해 의자 여러 개가 놓여 있다. 거기에 앉아 숨을 쉬면 시원한 공기에 병이 날아가는 것 같다고 한다. 나도 가끔 공부가 안될 때는 거기 가서 바람을 쐬고 온다. 하여튼 우리 마을 느티나무는 수많은 역할을 하는 것 같다. 할아버지, 할머니 두 분에게 느티나무에 대한 추억이 있듯이 나도 느티나무와의 추억을 만들어 갈 것이다.

포도 농사

윤희영

나는 동산리에 산다. 우리 집은 주택이어서 창문으로 밖을 내다보면 논이 펼쳐져 있다. 그래서 가을이면 메뚜기가 뛰어놀고 고추잠자리가 빨랫줄에 앉아 있다.

우리 동네는 특산물이 있다. 그건 포도인데 탕정 포도라고 꽤 유명하다. 우리 큰아빠도 포도 농사를 지으시는데 가끔 엄마도 큰아빠를 도와드리러 갈 때가 있다. 요즈음에는 포도나무 줄기에서 나는 순과 수염을 따는 일을 하신다. 그런데 나는 포도 농사를 짓지 않았으면 좋겠다. 왜냐하면 나는 이곳에 이사 오기 전까지는 포도를 좋아했는데 여름만 되면 과일을 거의 항상 포도만 먹어 이제는 질려버렸다. 그리고 중국에서 날아오는 꽃매미가 우리 포도나무 줄기에 다닥다닥 붙어 있고 나중에는 죽은 꽃매미가 바닥에 널려 있는 모습이 너무 징그럽기 때문이다. 또 포도 농사는 원래 여름에 지어서 엄마가 일을 갔다가 돌아올 때 보면 항상 힘들다고 하신다.

우리 가족은 포도 농사를 지으면서 개도 키운다. 우리는 원래 삽살개 두 마리, 잡종 세 마리, 총 다섯 마리를 키웠는데 개 사료

값이 너무 비싸져서 삽살개 두 마리만 키우게 되었다. 그런데 수컷 한 마리가 언제부터인지 시름시름 앓더니 주사를 놔 주었는데도 계속 앓다가 죽어버렸다. 그래서 지금은 삽살개 암컷 한 마리만 키우고 있다.

그리고 우리 가족은 소를 키운다. 종류는 한우인데 아빠가 약 100마리 정도 된다고 하셨다. 겨울에는 소들이 새끼들을 낳는데, 송아지는 어미 소와 크기가 비교도 되지 않을 만큼 작고 뿔도 나지 않았다. 그래서 나는 뿔이 굵고 크게 나와 있는 덩치가 큰 소들보다는 송아지를 더 좋아한다.

이처럼 우리 동네는 특산물도 있고 곤충도 있다. 그리고 소들과 개 등 많은 동물들이 있는 평화로운 마을이다.

동네에서 집으로

홍진기

나는 집에서 산다. 당연한 얘기다. 모든 사람들은 집에서 산다. 노숙자나 거지에게도 '야외'라는 어엿한 집이 있다. 그들의 안식처는 바깥이니까. 사람이라면 누구나 집이 있다. 가출 청소년들에게도 돌아갈 집이 없을 리는 없다. 월세든 전세든 사람이 살고 있는 곳은 어쨌든 '집' 이지 않은가? 그런데 우리는 과연 동네 안의 집에서 사는 걸까? 집안의 동네에서 사는 걸까?

무슨 얘기냐 하면 우리의 생각과 모든 사고의 중심은 공동체보다 철저한 개인주의 식으로 발달한 것이 아닐까 하는 이야기다. 얼마 전만 해도 이웃끼리 음식을 주고받거나 식사를 같이 하는 등 이웃과 정겹게 지내는 모습을 TV에서 심지어 만화에서도 볼 수 있었다. 분명히 우리 가족도 이사하기 전에는 옆집과 매우 친하게 지냈다. 준석이라는 아기도 있었고 그 집 누나가 몇 살인지 이런 것까지 잘 알고 지냈다. 그런데 이사하고 난 뒤에는 옆집에 뭐가 있는지조차 몰랐었다. 이제 조금씩 알고 지내지만.

이사하면서 사이가 서먹한 것은 이웃 간에 당연한 일. 친해지기 위해선 먼저 말을 걸고 다가가야 하지만 현대에 들어서며 바쁜 사람들이 늘어나고 경쟁이 활발해지면서 이기적이고 자만적인 사고가 늘어나면서 생활의 중심이 '동네'에서 '집'으로 바뀐 것이다. 일이 끝나면 빨리 집으로 돌아가려는 마음만 앞서고, 자기 동네에 대한 개념은 아예 없어지고 말았다.

우리 동네는 무엇인가, 어디에 있는가보다는 자기 집에 더 많은 관심과 애착을 보이는 현대인들 사이에 차츰 '이웃'이라는 단어가 사라지고 있다. 남보다는 자기 먼저, 공동보다는 개인이 중요하다고 생각하는 사이에 공동체는 무너지고 사랑은 점점 식어 가며 끝없이 경쟁하는 세상이 되어 버렸다. 동네라는 공동체 속에서 집이라는 개인 하나하나가 이웃하여 살아가는 아름다운 모습은 이제 찾아볼 수 없는 걸까?

우리는 생각을 해 봐야 한다. 과연 자신은 어떻게 생각하고 어떻게 살아가고 있는지. 다른 사람에게 내 집에서 산다고 말하기보다는 우리 동네에서 산다고 말할 때, 이웃과 사랑의 의미가 마음속에 피어오를 것이다.

개 키우는 집

최수진

우리 동네 갈산리는 두 곳으로 나누어져 있다. 우리 집 쪽은 집이 모두 농장 일을 하고 있고, 집이 모두 다섯 채 정도밖엔 되지 않는다. 그렇지만 우리 동네는 가축 농장이 있어서 한 만 평 정도는 될 것 같다. 나는 세살 때부터 지금 살고 있는 집에서 살았다.

우리 동네 농장에는 각각 이름이 있다. 오리 농장, 닭 농장, 개 농장이다. 우리 집은 그 중 개 농장이다.

내가 어렸을 때 오리 농장에는 외국인 부부와 내 또래 세살 꼬마 아이가 있었다고 한다. 난 그 아이와 이삼년 간 잘 놀았는데, 오리 농장 주인도 그 뒤로 그 부부를 못 보았다고 한다. 나는 그 아이 얼굴 생각이 잘 안 난다. 그 후 난 유치원에 들어갔다.

유치원을 다닌 후 난 드디어 초등학교에 들어갔다. 그런데 그만 교통사고가 나서 두 달 반 정도 집에 못 갔다. 집이 그리운 나는 병원에서 탈출을 시도하다가 간호사에게 붙잡혀 다시 병원으로 들어갔다 일주일 후에 퇴원했다. 집에 돌아와 자고 있는데 아빠가 그날 너무 기분이 좋아서 술을 마시고 집에 왔다. 난 아빠가 때릴까 봐 자는 척했다. 하지만 그날은 아빠가 그냥 방에 들어가서 주무셨다.

우리 동네에는 이순신 장군의 후예가 산다. 그 할아버지는 글을 좋아하고 정정하시다. 하지만 그의 아내 이모 씨는 5년 전쯤에 돌아가셨다. 그래서 할아버지 마음 한구석엔 슬픔이 있을 것 같다. 그 할아버지는 닭을 키웠는데, 1년 전쯤 조류 인플루엔자가 발생하여 닭을 땅에 묻어 버렸다. 또 돼지도 있었는데 그 돼지들도 다 묻어 버렸다. 그래서 지금은 토끼를 키우신다.

전에 나는 그 닭과 돼지의 무덤 앞을 지나간 적이 있다. 그런데 피 썩은 냄새가 진동해 조금 겁이 났다. 그 앞집은 지금도 닭을 키우는데 밤마다 그 앞을 지나가면 닭의 그림자가 선명하게 다 비추어진다. 그 집 뒤에 뒷집이 우리 집이다.

우리 집은 개를 키운다. 개는 여름에 잘 팔린다. 그래서 여름에 우리 집은 항상 부자이다. 나는 친구들이 우리 집 개고기를 많이 먹어 줬으면 좋겠다.

어제 우리 집에 시추 개 한 마리가 들어왔다. 코는 커서 킁킁거리고, 눈도 커서 눈을 한번 뜨고 감는 것이 좀 버거워 보였다. 그리고 입은 털에 가려 보이지 않았다. 그 개는 우리집 마당 기둥에 묶어 두었다,

우리 집 개장은 12~14칸씩 한 줄이다. 이런 줄이 우리 집엔 8줄이 있다. 개는 큰 것이 한 300마리 정도 되고 새끼를 낳으면 500마리쯤 된다.

우리 집 마당에서 앞으로 조금 더 가면 발바리를 키우는 곳이 있다. 그 곳에는 약 50마리가량이 있다. 나는 그 개들을 훈련시킨다. 그 곳은 개장이 6칸 정도 있다. 그 중 제일 큰 칸에 있는 개들은 내가 오래전부터 키워서인지 참을성이 있고 싸우는 일이 거의 없다. 그런데 오늘 그 칸에서 싸움이 벌어졌다. 이유는 물을 넣어줬는데 물그릇을 코커스패니얼이 엎었기 때문이다. 모든 개들이 그 개에게 달려들어 물었다. 그래서 코커스패니얼을 다른 개장에 감금하고, 다른 개들도 하루 동안 낯선 곳에 감금해 두었다. 그러자 개들이 싸우지 않았다.

아름다운 사람

송영주

나에게 아름다운 사람은 우리 막내고모이다.

막내고모는 지금 나이가 30대이다.

다른 고모들에 비해 막내고모는 키가 158 정도로 작고 등이 약간 휘었다.

그리고 재작년에 결혼을 했다가 안 좋은 일로 이혼을 하게 되었다.

지금은 할머니와 봉대리에 두 분만 살고 계신다.

할머니는 일을 다니셔서 아침 일찍 나가셨다가 오후 아니면 저녁에 들어오신다.

그 동안 고모는 찾아오는 사람도 없어 하루 종일 혼자 집에 있어야 한다.

시골이라서 텔레비전도 잘 안 나오고 시내에 나가려면 시간이 정해져 있는 버스를 타고 30분은 나가야 한다.

그러나 고모는 시내에 나가도 장보는 일 빼곤 마땅히 할 일도 없다.

고모는 마음이 너무 여리다.

지나가다가 곤충들이 있으면 꼭 주워서 풀밭에 던져주고, 텔레비전에서 슬픈 장면이나 감동적인 장면, 가슴 아픈 장면들을 보면 꼭 우신다.

키우던 강아지를 할머니가 팔아도 우시고……. 고모는 하루가 얼마나 지루하고 심심하실까?

할머니가 나가시면 고모가 제일 먼저 하는 일은 방 치우시고 텔레비전을 보시다가 며칠 전에 생긴 강아지들을 데리고 노신다.

강아지가 애완용이면 방안에서 기르면서 편하게 있으실 텐데.

근데 강아지가 생기고 이삼일 후 강아지가 너무 시끄럽게 짖는다며 옆집 아줌마가 와서는 파리채로 강아지를 죽을 만큼 때렸다고 하신다.

고모는 나에게 그 얘기를 하면서 또 한 번 눈에 눈물이 고여 떨어졌다.

고모는 그 때 말리지도 못하고 지켜볼 수밖에 없었다고 하셨다.

그건 당연한 일이다.

어른에게 대들어서도 안 되고 고모는 그것을 말릴 만큼 힘이 세지 못하다.

고모는 일주일에 두세번씩 우리에게 전화를 하신다.

난 그럴 때면 최대한 오랫동안 통화를 하고 싶지만 그렇지 못할 때가 많다.

모든 일에 불만도 없으시고, 일만 하시는 고모는 어쩌다 한 번 제사 때 친척들이 모여도 왠지 끼지 않고 혼자 계시는 모습을 많이 보았다.

난 그럴 때면 친척들이 미워진다.

내가 고모처럼 생활을 했더라면 정신이 온전치 않았을 텐데.

그런데도 아무 불만 없이 웃으며 생활하는 고모를 보면 너무나도 아름다운 사람인 것 같다.

하늘에서 온 천사

백소영

나는 〈연탄길〉이라는 책에 나오는 인형 파는 아저씨가 아름답다고 생각한다. 비록 가상 인물이기는 하지만 가난하면서도 안 팔리는 인형을 팔면서 꿋꿋이 살아가기 때문이다. 그 이유를 자세히 말하자면 연탄길에서 사업에 실패한 사람이 자살을 하려고 결심하고 한강으로 가는 길에, 인형을 사서 자살하려는 사람이 뛰어내리기 전 인형이 먼저 떨어져 첨벙하는 소리에 아내와 아이 생각을 하게 돼 자살을 안 하게 된 인형 아저씨! 그 이야기를 듣고 그 아저씨도 힘을 내었다.

나는 이 책에서 작은 일을 하더라도 다른 사람에겐 큰 힘이 될 수 있다는 것을 느꼈다.

또 연탄길 중에 '너에게 묻는다'에서 김 대리 아저씨가 아름답다고 생각한다. 이유는 청소하는 아주머니가 옥상으로 올라가는 계단에서 밥을 드시려고 하니까 아주머니를 데려와서는 아주머니께 아내가 싸준 반찬을 먹으라고 하고, 정작 자신은 아주머니가 싸 오신 신 김치를 먹었다.

내가 만약 김 대리였다면 청소하는 아주머니를 외면했을 텐데,

만약 같이 먹자고 했어도 밥을 먹을 때 내 반찬만 먹고 신 김치는 손도 안 댔을 텐데, 김 대리는 정이 있고 붙임성이 좋은 것 같다.

엄마 사랑해♡

한재경

내가 어렸을 때, 아마도 일곱 살 때였어요.

"엄마, 나 저 인형 사줘 〉ㅁ〈!"

"안 돼! 자꾸 떼쓰면 버리고 간다!"

"사 줘, 사 줘, 사 줘!!!"

터벅, 터벅, 터벅 가 버리실 줄 알았던 엄마께선 어린 나를 토닥여 주시고는 곰 인형을 사 주시고 어디론가 가 버리셨습니다.

어린 나는 상처를 많이 받아 엄마에 대한 환상을 깨버리고, 그저 엄마가 계시는 아이들을 부러운 눈으로 쳐다보곤 했지요.

그런데 내가 자란 후에 언제부턴가 엄마한테서 전화가 오기 시작했고, 그때까지도 엄마에 대한 미련을 버리지 못한 나는 우리 남매들 중 엄마를 제일 많이 만나 행복했습니다.

12살 쯤 친구들과 시내에 나가 엄마를 보고, 엄마를 만났고, 어떤 이상한 아저씨와 고기를 먹었습니다.

"재경아, 아저씨 좋아?" 하고 묻던 아저씨는, 내가 서슴없이 "아니요. 싫어요." 하고 대답하자 엄마에게 알 수 없는 말을 하셨지요.

엄마가 나에게 "왜! 여기까지 와서 방해해." 하시며 눈물을 흘리셨고, 또 다시 나는 엄마에게 폐를 끼치게 되었습니다.

그 후 한동안 소식이 없던 엄마는 우리가 이사하던 날조차 보이기는커녕 전화 한 통도 없었습니다. 정말 미웠어요.

그러다가 한 일 년? 나는 어느새 초등학교를 졸업하고 중학교에 들어왔어요.

4월 어느 날 시험 기간이었는데, 10시까지 학원에 다닐 때였습니다. 집에 와 보니 아빠께서 전화기 앞에서 우셨는지 안경을 벗어놓고 계셨습니다. 아빠는 그렇게 몇 마디 말씀하시다가 갑자기 대성통곡 하셨습니다.

그때 마침 동생이 없었길 천만다행이었을까요? 아빠의 두 마디는 완전 충격 그 자체였습니다. 얘기도 안 하고 우시기부터. 무슨 말이었냐면 엄마가 돌아가셨다는 거에요.

"왜, 왜요?"

"심장마비란다."

심장마비? 41살인 엄마는 원래 건강하셨는데 건강하던 모습도 모두 거짓말일까요.

밤새 울어서 학교 갈 기운도 없던 언니와 나는 3일 간 학교를 빠지기로 하였습니다.

그리하여 이모들이 안 계셨기 때문에 이모 댁에서 아이들을 돌

보며 3일을 지냈습니다.

엄마의 사십구재 날.

춘천에서 나는 이모들과 함께 엄마의 납골당 앞에서 눈물을 흘렸어요.

엄마는 살았을 때 나에게 다이어리를 사 주셨는데 거기에는 한 장의 편지가 쓰여져 있었습니다. 항상 웃으라고. 그런데 나는 아무래도 엄마의 말을 못 지킬 것 같네요.

엄마께 죄송하고, 엄마 납골당에서 울고 싶지 않아서 다른 사람 눈치만 보며 납골당 구경하다가 다른 방에 가서 몰래 울었어요.

제사를 지내고 이모들 땜에 한마디도 못했던 엄마에게로 가서

"엄마 나빠. 무지."

"……."

하지만 엄마는 아무 대답이 없었습니다.

"엄마 미안하고 많이 사랑해."

살아생전 해보지 않던 말, "사랑해." 라는 말을 그 때 처음 했습니다. 그게 후회됩니다. 사랑한다고 더 많이 말할 걸.

저는 요즘에도 혼자 나와 하늘을 보며 엄마와 대화하고 그럽니다. 엄만 항상 어디선가 나를 지켜보고 계십니다. 수호천사처럼.

이경용 선생님

송인진

나에게 가장 아름다운 사람은 초등학교 2학년 때 담임 선생님이었던 "이경용" 선생님이다. 선생님은 내가 힘들 때나 슬플 때 나를 위로해 주고, 내가 아파서 학교에 오지 못 하면 매일 같이 우리 집에 찾아와 약과 위로의 말을 해주고 말없이 가셨다. 그리고 내가 3학년이 되기 전에 전학을 가게 되었는데, 선생님께서 모든 아이들이게 A4 용지를 나눠주며 나에게 편지를 쓰라고 하였고, 나에게는 우리 반 아이들에게 할 말을 A4 용지에 쓰라고 하였다. 그런데 막상 쓰려니까 아이들과 헤어질 생각에 눈물이 났다. 선생님도 나에게 편지를 보냈는데 내용이 너무 좋아서 눈물을 또 흘렸다.

이사 가게 된 날, 내 친구들과 선생님께서 눈물을 보이고야 말았다. 3년 동안 지낸 날들이 정말 행복했다는 것을 느꼈다. 그런 선생님의 마음이 나에게는 정말 소중해서 나는 그 편지를 오래오래 간직할 것이다. 그 편지를 읽고 또 읽고 또 다시 읽으며 울고 웃고 할 것이다. 나는 그 일로 인해 선생님이 가장 아름다운 사람이라는 것을 깨달았다. 다음은 그때 선생님이 주신 편지이다.

파랑새 같은 인진이에게.

인진아. 오랜만에 네게 편지를 쓰는구나.

인진아 니가 나에게 사랑한다고 할 때마다 나는 기분이 좋구나.^^

그리고 매일 같이 편지를 쓸 때마다 사랑한다고 속삭여줘서 정말 고맙구나.

그런데 니가 떠나간다고 하니 내 마음이 허전하구나.

한 마리의 나비가 날아가는 것처럼……

인진아 이사 가도 예전처럼 활발하게 지내고 자주 자주 전화해 주길 바래.

그리고 내가 니가 행복할 수 있게 기도해 줄께.

그럼… 잘 지내고 행복하게 지내렴.

사랑한다♡

-인진이를 사랑하는 선생님이 ^^ -

손재주가 있다면

이초희

사람들에게 가장 듣기 좋은 말은 듣기 싫은 말의 반대가 되는 말일 것이다. 그래도 그 많고 많은 듣기 좋은 말 중 내가 가장 듣기 좋아하는 말이 있다. 내가 가장 듣기 좋아하는 말 그 첫 번째는 '너 손재주 있구나!' 라는 말이다. 예전에는 내가 손재주가 있는지 없는지 잘 몰랐다. 그런데 3학년 때부터 손재주 있다는 말을 많이 들었다. 3학년 때 선생님께서 내가 손재주가 있다며 작품 전시회 때도 몇 명 뽑아서 3학년 1반 작품을 만들고, 그때부터 나는 내가 남들보다 꾸미기를 잘 한다고 느끼게 되었다. 그리고 또 피아노를 잘 치는지는 모르겠지만 우리 엄마가 나보고 피아노를 잘 친다고 하셨고, 학원 선생님도 잘 친다고 하셨다.

그리고 6학년 때 담임 선생님께서 나에게 도자기를 배우라고 하셨다. 그래서 나는 잠시 도자기를 배웠었는데 매일매일 잘한다는 소리와 손재주 있다는 소리를 꼬박꼬박 들었다. 그리고 도자기를 배우러 다니면서 다른 사람들한테도 잘한다는 소리를 많이 들었다. 시간이 없어서 한 달만 배우고 도자기를 끊었는데 끊고 나서 많이 후회했다. '조금 더 다닐 걸.' 하는 생각이 정말 많이 들었다. 왠지 아까운 느낌도 들었다. 그래서 지금 나는 학교에서 특별활동을 흙과 사랑반에 들었다. 지금 나는 그 반에서 도자기를 만들어 정말 정말 좋다.

이렇게 손재주가 있는 나도 하나의 단점이 있다면 그림은 못 그린다는 것이다. 다른 건 잘하는 것 같은데 그림은 그렇지 않다. 손재주가 있다면 그림도 잘 그려야 정상 아닌가? 그런데 난 왜 그런지 그림은 이해가 안 된다.

그래서 미술 시간에 그림 그릴 때는 정말 자신이 없다. 하지만 미술 시간이 싫지는 않다. 왜냐하면 그리는 것도 좋아하기 때문이다. 나는 손재주와 연관된 말은 뭐든지 다 좋다. 그 말을 들으면 그날은 기분이 날아갈 것 같다. 마치 내가 동화 속 주인공이 된 것 같다.

그리고 내가 제일 듣기 좋아하는 말 두 번째. '너 머릿결이 좋구나.' 내 머릿결이 좋다는 건 나도 정말 느끼지 못한다. 하지만 좋다고 느낄 때가 있다면 머리 끝을 만져 부드러울 때이다. 그러나 뒷머리를 볼 때는 한숨이 저절로 나온다. 그래도 이따금 머릿결 좋다는 소리 들으면 기분이 좋다.

마지막 내가 제일 듣기 좋아하는 말 세 번째. '너, 피부 좋다.' 라는 말. 내 입으로 말하기는 좀 그렇지만 내 스스로도 다른 사람보다 피부가 좋은 건 인정한다. 하지만 피부가 좋으면 뭐하나? 피부색이 진한데. 그래도 피부가 좋다는 말이 싫지는 않다. 하지만 여름에는 피부색이 좀 하얬으면 좋겠다. 왜냐하면 피부 탈 걱정도 조금 덜 할 수 있기 때문이다. 그리고 피부가 좋으니까 사람들이 조금 나에게 집중을 해줄 때도 있다. 그리고 반팔을 입어도 반바지를 입어도 피부색만 빼면 좀 자신이 있다. 하지만 얼굴 빼고 손이나 발 피부가 좋다고 느껴본 적은 별로 없다. 사람들이 좋다고 해 그런가 보다라고 생각한다.

사람은 듣기 좋은 말만 들어서도 안 되고 듣기 싫은 말만 들어도 안 되는 것 같다. 듣기 좋은 말과 듣기 싫은 말이 골고루 섞여서 사람을 때로는 즐겁게 하고 때로는 슬프게 하는 것 같다. 어디까지나 생각이지만 듣기 좋은 말이 없다면 지구라는 것은 벌써 멸망하였을 것이고, 듣기 좋은 말만 들으면 사람들이 약간 헤롱헤롱(?)하지 않을까?

듣고 싶은 말

김학래

내가 가장 듣고 싶은 말은
김학래님 복권 당첨됐어요
학래는 역시 대단해 부러워,
학래야 내가 떡볶이 사 줄께
학래 공부 잘하네,
학래 고등학교 좋은 곳 가겠는 걸
김학래님에게 물건이 배달되었습니다
김학래, 상장 위 학생은……
학래야 젤 좋은 디카폰 사 줄게
학래야 용돈 줄께
학래야 게임 좀 더해
학래야 영화 보러 갈래 〈가족끼리〉
학래 책 사줄까
학래 게임 아이템 다 줄께
학래 내일 쉬는 날이다, 방학이에요. 〈학교, 학원〉

내가 좋아하는 말

손미나

내가 듣고 싶은 말? 좋아하는 말?

나는 어려서부터 잘한다 잘한다 하면 무슨 일이든 계속했다. 그래서 잘한다는 말이 꼭 좋다는 건 아니다. 그걸 이용해서 나를 괴롭힌 적도 많기 때문이다.

내가 듣고 싶은 말은? 아! 정말 듣고 싶은 말이 있다. 바로 "공부는 인생의 다가 아니야." 이다. 또 "건강하게만 자라다오!" 바로 이 말이다. 내가 공부를 못해서 그런지 몰라도 나는 왠지 이 말이 정겹다. 요새 뉴스를 보면 학생들이 성적이 안 나와서 자살이니 뭐니 하는데. 휴, 언제부터 공부가 중요해진 건지, 완전히 공부, 공부, 공부이다. 컴퓨터를 해도 공부하라고 하고, 과자를 먹고 있어도 과자가 목구멍으로 넘어가냐고 하고. 그래서 나는 공부는 인생의 다가 아니라는 말을 듣고 싶다. 성적이 안 나와도 "괜찮아, 공부는 인생의 다가 아니잖아! 그러니 건강하게만 자라다오~♡." 이렇게 말해주면 얼마나 좋을까? 그 말에 힘입어 다음에 열심히 할 수 있을 것도 같은데. 정말 한 번 듣고 싶은 말이다.

그 다음엔 "아이고~ 잘 먹네."라는 말이 가장 듣기도 좋고, 듣고 싶은 말이다. 왜냐하면 그 말을 듣고 있으면 내가 좋은 일을 하고 있는 것 같기 때문이다. 그래서 이것을 언니에게 말했더니 언니가 나보고 미쳤냐고 하였다. 나는 "아이고 잘 먹네."라는 말이 좋다.

그리고 "누구보다 낫네." 라는 말을 듣고 싶다. 그 이유는 매일 차별을 받았던 나에겐 정말 큰 말이다. 나는 위에 쓴 말을 한번도 들어본 적이 없다. 나는 매일 "너는 왜 그러냐? ○○○는 성적이 이런데, 너는 왜 바닥을 긁고 있냐, 왜 그 모양이냐." 라는 말만 들었다. 그 때마다 정말 슬프다. 위에 있는 말을 한 번이라도 듣고 싶다. 항상 비교하고 화만 내는 그런 가족들의 입에서 한 번이라도 꼭~ 듣고 싶다. 이 말은 아마도 나뿐만 아니라 전국의 중학생, 고등학생 중 바닥을 기는 모든 아이들이 듣고 싶은 말일 것이다.

독한 것

김현경

내가 가장 듣기 좋은 말은 '독한 년'이다. 이유는 어차피 무슨 일이든 독하게 마음먹어야 하는 법. 그렇기에 그 소리는 나에게 큰 힘이 되어 준다. 독한 년! 왠지 모르게 무거운 느낌이 들면서도 사람에게 힘을 불어넣어 주는 주문 같다. 그래서 독한 년이라는 말, 그 말이 나로서는 듣기 좋아 하는 말 중 가장 1위라고 할 수 있다. 헤헤~ 독한 년, 독한 년, 독한 년, 독한 년. 처음 들었을 때는 심하게 충격을 먹었지만, 음~ 지금 생각하면 그 말이 내가 힘들 때마다 큰 힘이 되었던 마법이었다. 하지만 마음의 상처가 되기도 했다. 내가 듣고 싶은 말은 확실히 "독한 년"이다. 독한 년! 음~ 그렇다고 그렇게 많이 불러 주진 마세요. 부르려면 "독한 것"으로 해 주세요^.^;;.

분명히 말하지만

김정연

나는 칭찬을 싫어한다. 아니, 별로 좋아하지 않는다. 어쨌든 칭찬이 듣기 싫은 것만은 분명하다. 그러나 내가 듣는 칭찬은 한정되어 있다. 예를 들어서 '너 참 예쁘게 생겼구나.' 라든가, '너 달리기 잘 하는구나.' 같은 말들은 내가 절대로 듣지 못할 칭찬들이다. 하지만 이것들과는 반대로, 꽤나 자주 듣는 칭찬이 있다. 그것은 바로 '그림 잘 그리네!'이다. 나는 이 말이 싫다. 물론 칭찬해 주는 것은 고맙다. 하지만 칭찬을 해 줘도 좀 제대로 해 줘야 하는 것 아닌가?

분명히 말하지만, 나는 그림을 잘 못 그린다. 스케치는 그럭저럭하지만, 색칠을 하면 그림을 완전히 망쳐 버린다. 게다가 사람을 그리면 만화에 나오는 것처럼 그려 버린다. 다른 아이들은 그걸 보고 잘 그렸다고 한다. 사실, 나도 내 그림에는 꽤 만족하고 있다. 하지만 이런 만화 같은 그림에는 치명적인 문제가 있다. 그건 바로 사람을 전혀 사실적으로 그릴 수 없다는 것이다. 게다가 나는 사물을 섬세하고 자세하게 표현할 수가 없다. 그런데도 애들은 나 보고 그림을 잘 그린다고 하니, 창피해서 하늘로 솟아 버리고 싶은 심정이다.

이것 말고도 듣기 싫은 말이 꽤 많다. 그 중에서 두 개를 뽑아 말하겠다. 칭찬 외에 가장 듣기 싫은 말. 그것은 바로 나의 3년 하고도 6개월 된 별명, '곰'이다. 확실히 나는 생선을 좋아한다. 훈제 연어도 꽤 좋아한다. 그리고 눈치가 좀 없다. 분위기 파악도 잘 못한다. 그렇다고 해서 3년 하고도 6개월 내내 '곰'이라고 불러 대다니, 이건 정말 심하지 않은가! 그리고 더 문제인 것은, 내가 이 별명에 익숙해지고 있다는 점이다. 요새는 곰 그림이 그려진 학용품이나 가방을 보면 친근한 느낌이 들기도 한다. 이거 정말 문제다. 어떻게든 해 봐야겠다.

그 다음으로 듣기 싫은 말은 내 목소리에 관련된 말이다. 나는 노래를 잘, 아니 무지 못 부른다. 음이 높은 '시'나 '도' 정도만 되면 벌써 목소리가 갈라지기 시작한다. 여자치고는 상당히 목소리가 낮으니 어쩔 수 없다. 그런데 이걸 가지고 뭐라고 하는 애들이 있다. 내 목소리가 남자 같다는 것이다. 목소리 때문에 노래도 제대로 못 부르는데 남자 같다는 소리까지 듣다니. 난 내 목소리에 대해 남들이 뭐라고 하는 게 정말 싫다.

사실 나는 내 목소리에 대해 불만이 하나도 없다. 조금 낮은 목소리여서 오히려 맘에 든다. 단지 다른 사람들이 뭐라고 하는 게 맘에 안 들 뿐이다.

이 세 가지 말이 내가 가장 듣기 싫어하는 말이다. 싫어하는 말이 너무 많아서 뭘 쓸까 고민하느라 시간이 많이 걸렸다. 사람들이 이 중에 하나만이라도 말하지 않았으면 좋겠다.

듣기 싫어요

손미나

내가 가장 듣기 싫은 말은? 이 글을 쓰기 전에 곰곰이 생각해 보았다. 내 머리 속엔 온통 욕이 가득차 있었다. 하지만, 누구나 욕은 듣기 싫어할 것이다. 욕 듣는 게 좋다면, 그 사람은 뇌에 이상이 있을 것이다. 곰곰이 생각하고 또 생각하였다. 그런데 문득 머릿속에 예전에 있었던 일이 생각났다. 나는 내 이름에 다른 이상한 것을 쓰는 것이 싫다. 예를 들면 내 이름, 손미나 → 똥미나, 이런 식 말이다. 이것을 좋아하는 사람이 어딨느냐고 하겠지만, 나는 누구보다 똥미나라는 말에 화가 난다. 아니, 부모님께서 고민하고 또 고민하여 지어주신 이름을 본인인 나도 안 그러는데 지가 왜? 정말 화가 난다. 실제로 어떤 3반 남자아이가 내 이름을 부를 때 "야 손미랄, 손미랄이래 캬캬캬." 이러는 것이다. 나는 그만 남자아이를 때리고 말았다. 걔도 울고 나도 울었다. 그래서 나는 내 이름에 이상한 것을 붙여서 말하는 것이 싫고, 두 번째 싫은 말은 "너희 부모님이 그렇게 가르치던?" 이 말이다. 거의 듣지는 못했지만, 한 번 듣고 정말 큰 충격을 받았다. 초등학교 6학년 선생님께 들은 말이다. 나는 별로 한 짓도 없는데 선생님께서 쳐다보시길래 내가 "왜요……?" 라고 했는데, 갑자기, "이게 싸가지 없게 왜요, 라는 말을 해?" 하였다. 정말 기가 막혔다. 아니, 그럼 쳐다보는 사람한테, 왜요? 라고 하지, 그럼 뭘 봐? 왜 봐? 라고 해야 하나? 나로선 정말 이해가 되지 않았다. 그리고 교실에 와서 "손미나, 너네 부모님이 그렇게 가르치시던?" 이러는 것이었다. 만약 그 선생님께서 "왜요?" 라는 말에 충격을 받았다면 나는 왜 거기서 부모님 이야기가 나왔을까, 생각도 많이 했고, 화도 그 선생님보다 더 났을 것이다. 왜 부모님을 욕 먹일 짓을 했나? 나 자신도 어느 순간 미워진다. 정말 나에게 어떠한 욕을 해도 좋다. 그런데 우리 가족에게 뭐라고 하면 누가 되었던 간에, 나는 그 사람 마음에 못을 박을 것이다. 그밖에 듣기 싫은 말은 "너 장애인이지?", "앰창." 이라는 말이다. 이 말을 들으면 누가 됐든 누가 누구에게 했든 나는 열 받는다. 그리고 "너는 누구, 누구보다 못 하잖아." 이 말을 들으면 금새 나는 머릿속이 복잡해진다. "왜 내가 누구보다 못할까? 왜 그럴까?" 하고 말이다.

"니가?"

김수현

내가 제일 싫어하는 말들이 있다. 첫 번째 말은 엄청 말이 안 된다는 식으로 "니가?" 라는 말이다. 가끔 이런 말을 듣는데, 가끔 듣는 것도 한 아이한테만 듣곤 한다.

이번에도 자리가 가깝게 걸린 K군이다. 나는 이번 미술 시험을 95점 맞았다.

다른 애들이 보기엔 말이 안 된다고 생각할지 모르지만. 나는 나름대로 시험 첫째 날인만큼, 첫째 날 시험 볼 과목들을 열심히 공부를 했다. 국어도 미술도 과학도. 국어는 국어 교과서 보고, 과학은 문제집 풀고, 미술은 프린트를 외웠다. 국어는 문제들을 잘 못 이해해서 많이 틀리고, 과학은 한 달 전부터 준비했던 과목인데 문제의 답을 잘 못 써서 많이 틀렸다. 하지만 미술은 쉬웠다. 왜냐하면 미술은 프린트가 있고, 프린트를 다 외우면, 쉽게 풀 수 있는 문제들이었기 때문이다. 그래서 나는 미술 프린트를 열 번이나 읽고 다 외웠다. 그래서 미술 점수를 잘 받았는데, K군은 내가 95점 맞은 걸 보고 "뭐? 니가? 니가 95점이라고?!" 라고 물었는데 어찌나 기분이 상하던지. 자존심이 센 나는 그 말을 듣고 절대

참을 수 없었다. 그래서 나는 "뭐? 니가라고? 야!! 너 다시 말해 봐. 나는 뭐 95점 맞으면 안 돼? 왜 안돼?" 라고 따졌다. 그러면서 우리 둘은 심한 말을 주고받았다. K군은 진심으로 생각하는 것 같더니 "응, 좀 안 돼." 라고 했다. 그래서 나는 K군한테 "웃기지 마!! 내가 생각하기엔 니가 달리기 일등을 하게 된다면 그것보다 말이 안 되는 일은 없거든?" 이라고 했다. 사실 K군의 달리기 못하는 콤플렉스를 건드린 거였는데, K군도 내 콤플렉스를 건드린 건 사실이다!! K군은 내가 얼마나 열심히 하는지도 모르고 95점을 맞았다는 말이 안 된다는 말을 해 버린 것이다. 그 후부터 나는 K군에게 쌀쌀맞게 대했고, 한마디로 K군은 나에게 미운털이 박힌 셈이다.

다른 친구들 또는 선생님은 내가 K군을 쌀쌀맞게 대하는 것이 심하다고 생각할지 모르지만, 나도 이 세상에서 제일 싫어하는 말을 들었기에 이렇게 됐다고 생각한다. 성격이 소심한 나는 이런 말들을 그냥 넘기지 못하는 성격이다.

다시 생각하니 또 흥분이 된다. 그리고 두 번째로 내가 싫어하는 말은 '년'이라는 소리다. 예를 들자면, 씨발년, 미친년 등등.

이런 말들, 정말 기분이 상하게 하는 말이다. 차라리 놈이 낫다. 차라리 미친년보단 미친놈이 낫다. 그리고 미친년, 씨발년이라는 소리를 듣는 것도 남자한테 듣는 것은, 정말 정말 열 받는다. 말로 풀 수 있는 것을 가끔 어떤 남자들은 욕으로 꼭 푼다. 그리고 들으면 나도 기분 나쁜 나머지 같이 욕을 한다. 그러면서 싸움이 커진다.

엄마의 잔소리

정은실

14세라는 꽃다운 나이지만 스트레스도 많이 받는 인생이다. 공부의 스트레스도 심하고 인간관계의 고민에서 빚어져 나오는 스트레스도 심각하다만, 가장 심한 스트레스는 엄마의 잔소리 아닐까. 개인적으로는 그렇다. 방에서 이것저것 하고 있을 때 밖에서 부르길래 좋지도 않은 목소리로 "왜?" 라고 대답하면, 하여튼 나와보라고 한다. 나가보면 별 일 아니다. 그때 밀려오는 짜증과 스트레스의 양을 아는가. 아이쿠, 잘못 걸려 엄마의 그 두려운 입에 불이 붙어 작렬하면 그 불길은 순식간에 한도 끝도 없이 번져나가 결국은 사람 기운을 쫙 빼놓는 그런 것. 으으……. 아, 게다가 엄마 아빠의 비일비재한 트러블로 인해 생기는 다툼도 주된 요인일 것이다. 난 단순하게 생각하고 깊이 생각하지 않는 성격이다. 즉, 생각하는 걸 싫어한다. 조금 난감한 일은 '뭐 어떻게든 되겠지.' 하며 구렁이 담 넘어가듯 넘겨버린다.

그래서 스트레스를 잘 안 받는 타입이라고 자부하고 있지만, 집안 마찰로 이루어지는 소음 공해야말로 버티기 힘든 스트레스다.

나의 그런 스트레스를 해소하는 방법. 우선 음악을 듣는다. 경쾌하고 신나는 음악. 특히 애니 주제가를 자주 듣는다. 솔직히 가요 부문은 깡통이라 들을 것이 애니 주제가밖에 없다. 하여튼 음악을 듣고 있으면 그 경쾌한 멜로디에 동화되어 가는 듯한 기분을 느낄 수 있다. 그리고 만화책을 읽기도 한다. 장르는 역시 코믹. 웃다보면 저절로 기분이 좋아지지만, 웃는 것도 뭐라고 하는 엄마의 잔소리 때문에 제대로 웃기도 힘들다.

듣기 싫은 말 Best 3

이영호

내가 듣기 싫은 말은 무지 많다. 한 개, 두 개, 세 개, 네 개 등등.

Best 1은 "니 에미, 애비가 그렇게 가르치던."이다. 나는 이 말을 들으면 정말 폭발한다. 왜냐면 우리 엄마, 아빠를 욕하니까 정말 싫다. 그런 욕을 하는 사람은 정말 죽여도 싸다. 꼭 우리 엄마, 아빠를 비판하는 것 같기도 하다.

Best 2는" 즐." 거의 대부분 즐이라는 욕을 쓰는데, 싸우다 보면 괜히 할 말이 없으면 "즐."이라고 한다. 심심해서 시비를 걸고 또 할 말 없으면 "즐."이라고 욕을 한다. 전에 내가 영집이랑 싸울 때 영집이는 할 말이 없으니까 "즐."이라고 하고, 나한테 "똥 마렵지?" 라고 했다. 나는 영집이에게 선빵을 맞았지만 생각했던 것보다 그리 아프지 않았다. 그리고 나도 한 대 때렸다.

마지막 Best 3는 "이영호 뻰데기 쪽 팔려." 나는 이 소리가 정말 싫다. 왜냐하면 내 성장이 느릿느릿한 것 같은데 급소가 작다고 애들이 놀리면 죽이고 싶다. 내 고추를 보면 진짜 왜 이리 작은지? '아우 짜증나.' 라는 소리밖에 안 나온다. 내 생각에도 쪽팔리기는 하지만 선생님께서 비밀을 지켜주시겠지.

어느 외국인

지영은

몇 년 전에 있었던 일이지만 지금까지 또렷이 기억하고 있는 일이다.

초등학교 3학년 때였나? 둘째 외숙모와 서울랜드에 갔었다. 아마존이라는 놀이 기구를 타려고 줄을 서 있었다. 그때 내 손에는 풍선이 하나 들려져 있었는데, 실수로 풍선을 가지고 장난치다 다른 쪽으로 넘어가 버리고 말았다. 그래서 걱정을 하고 있는데, 지나가던 외국인이 그 풍선을 나에게 던져 주었다. 나는 뭐라고 인사를 해야 할지 몰라서 서툰 발음으로 이렇게 말했다.

"땡큐 베리 마치!"

이 한 마디에 외국인은 자기가 가지고 있던 인형을 건네주며, 한국말로 이랬다.

"참 귀엽다. 애기야. 잘 놀다 가세요".

외국인의 이름도 얼굴도 기억이 안 난다. 그렇지만 항상 감사하고 있다. 내 풍선을 주워, 다시 날아가지 않게 해 주었고, 또 인형과 따뜻한 말 한 마디를 해 주어서.

마이비

김미소

축제가 끝나고 지친 몸을 이끌고 집으로 돌아가던 나.

마침 빌린 돈을 다 갚고 땡전 한 푼 없던 상황이었다.

마이비를 가지고 버스 정류장으로 갔다.

마이비가 약간 휘어져 있어서 반듯하게 펴려고 반대로 구부렸다.

그때 '뚝' 소리와 함께 마이비가 반이 갈라졌다.

그 상황에 정신이 약간 핵 돈 나.

솔로몬 서점에 가서 테이프로 붙여 보기도 하고 입김을 불어 붙이려고도 하였다.

드디어 버스가 오고, 난 미칠 것 같았다.

버스는 7시 차.

이 차를 놓치면 1시간을 기다려야 한다.

주위에 돈 꿀 사람이라고는 한 명도 없었다.

마침 저 멀리서 나와 같은 마을에 사는 이호주가 뛰어 왔다.

난 상황 설명을 하고 돈을 꿨다.

오, 살았다.

그러나! 문제는 부러진 마이비는 어떻게 할 것이며, 그 속에 들어 있는 20,000원을 어떻게 할 것인가!

우리 아빠는 엄하셔서 조금의 용서도 없다.

우리 반 지혜도 우리 아빠가 무섭다고 했다.

버스에서 내리자마자 난 집으로 필사적으로 뛰어가 마이비 회사로 전화를 했다.

"여보세요? 마이비가 부러졌는데요. 네? 네. 아니요. 제가 부수지는 않았어요+-+. 네ㅋ."

흐흐흐 내가 마음대로 부순 것이 아니라고 거짓말을 했다.

복자여고 뒤에 있는 어떤 핸드폰 사거리(?)에 있는 건물 2층으로 오면 교환해 준다고 했다. 으흑흑!! 드디어!! 살았다.

그러나 다음날 아빠가 왜 마이비로 충전하지 않고 돈 받아서 다니냐고 물어보셔서, 나는 대꾸하지 않고 입을 다물었다. 그래서 아빠가 물어보는데 대답을 안 했다고 된통 맞았다. 그래서 다리에 멍이 들었다. 앞으로는 절대로 물건을 부수지 않을 것이다. 또한 소중히 다룰 것이다.

그리고 절대~~~~~~~로 아빠한테 무언가를 숨기려고 하지 말아야지!!

고맙다, 영상아

박민우

초등학교 6학년 때다. 여름 운동회를 하였다. 평소 다리가 빠른 나는 청백 계주에 나가게 되었다. 그런데 바로 운동회 하루 전날 발목을 삐끗하였다. 정말 나가서 망신당하기도 싫고, 그렇다고 발목 하나 삐어서 못 나가겠다고 말도 못하겠고.

그런데 바로 운동회 날 영상이가 내가 발목이 아픈 걸 알고 청백 계주를 대신 뛰어준다고 하였다. 나는 지면 모두 나를 원망할 거라고 됐다고 했는데, 영상이는 꼭 이길 거라면서 자진해서 대신 뛰어 줬다.

나는 진정한 우정을 다시 한 번 느끼고 영상이에게 정말 고맙다고 하였다. 내가 백팀이었는데 결국 지고 말았다. 청백 계주 때문에 진 것이 아니라 원래 점수가 200점이나 차이가 났기 때문이다. 졌어도 별로 죄책감을 느끼지는 않았다. 친구의 그 따스한 말 한 마디에 왠지 가슴이 뭉클해진 것 같고, 눈시울이 붉어지는 것 같았다.

고마우신 아주머니

신정희

우리는 혼자서 살아갈 수 없는 인간이다. 그래서 다른 사람에게 도움을 주어야 하고, 도움을 청해야 한다.

초등학교 2학년 때의 일이다. 토요일이었다. 버스를 타려고 버스 정류장에 갔는데 주머니를 뒤져보니 차표가 없었다. 필통도, 가방도, 바지 뒷주머니도 돈도 없고 그 때 차비가 얼마였는지 모르겠다. 그래서 그냥 350원이라고 치겠다. 비가 오고 버스도 지나가 어쩔 줄 몰라 울고 있는데 엄마가 해준 말이 떠올랐다.

"돈이 없거나 차표가 없으면 공판장 아주머니께 도움을 청해, 그러면 아주머니께서……."

그래서 곧장 공판장으로 뛰어갔다. 굉장히 추했을 거다. 홀딱 젖어서 마구마구 뛰어갔으니까. 공판장에 가니 아주머니께서 무언가 하고 계셨다. 그리고 날 보시더니 눈이 커지면서 무슨 일이냐고 물으셨다. 난 자초지종 얘기했고 아주머니께서는 빵 하나와 400원을 주시면서 엄마께서 전화했다고 하셨다. 이때 아주머니께서 도와주지 않았다면 난 어땠을까? 정말 감사하게 생각하고 있다. 언젠가 보면 꼭 다시 한 번 말씀드리고 싶다. "감사합니다^-^." 라고~!

나를 일깨워 준 사람

백서연

'나에게 가장 영향을 많이 준 사람'이라는 주제를 처음 듣고, 내 머릿속에선 수많은 경쟁자들을 뚫고 한 사람이 떠올랐다.

각이 좀 심하게 진 얼굴, 머리는 까맸지만 눈썹은 하얀 기이한 털색, 새끼손가락이 자주 들락거리는 넓은 콧구멍에다가 요상한 검은 뿔테(갈색이었나?) 안경까지!

차마 선생님이란 호칭조차 붙이기 거북한 우리 5학년 때 담임이었던 이○○씨(?)가 그 주인공이다.

아무리 거북해도 선생님께는 경어와 존댓말을 해야 하는 것이지만, 그런 것도 어디까지나 선생님한테 유효한 것이지, 내 기준에서 보자면,

'저런 인간이 어떻게 선생이 됐지?'

하는 생각이 들 정도다. 뭐, 너무하다고? 그 사람이 나에게 해준 것이라곤 약간의 욕과, 약간의 매와, 약간의 정신적 스트레스뿐인데, 내가 어찌 존경할 수 있겠는가? 학생들이 보는 앞에서 코를 파지 않나, 초등학교 5학년 수준의 문제도 못 풀질 않나, 한 번은 이런 일이 있었다.

내가 아주 아주 오랜만에 공부를 하려고(- -;;) 문제지를 풀다가 모르는 문제가 생겨서 물어보니까.

"왜 쓸데없는 걸 물어보고 지랄이야."

라며 화만 더럽게 내고 가르쳐주지도 않았다. 모르는 게지,,-ㅁ-z. 솔직히 아무리 석가모니, 아니 예수라도 그런 말을 들었다면 열이 안 났겠는가? 더군다나 나는 그런 사람의 경지가 아니었기 때문에 확 열 받아서 개겨 버렸다,-0-;.

"선생님, 못 풀겠으면 못 풀겠다고 말해요. 왜 욕을 하세요? 제가 잘못한 게 뭐 있다고, 학생한테 지랄한다고 해도 되는 거에요?" (지금의 나는 많이 좋아진 편이다, 그때를 생각하면 간댕이가 부었었다는 생각이 든다- -;;.)

내가 이렇게 말하면 계속 되는 똑같은 레퍼토리-_-^.

"아니 이 녀석이, 선생한테 못하는 말이 없네!"

난 그 말 자체에도 무척 열 받았는데 왜 열 받았는지 기억이 안 난다. 아무튼 아마 선생님한테 개긴 건 그 때가 처음…… 이 아니구나,,-_-;;. 아무튼 두 번째였다. 지금도 그렇지만 선생님 앞에서도 죽지 않는 나의 화려한 말빨(싸가지가 없다고 말할 수도 있다-ㅁ-;.)로 할 말 없게 만들었다. 그 때문에 좀 많이 맞았다-_-^. 남자애들은 부위 별로(?) 다양하게 맞았는데 여자애들은 주로 종아리를 때렸다. 5대까지 버티다가 잘못했다고 빌었던 적이 있었는데 그때 그 사람의 '니들이 그러면 그렇지.' 하는 듯한 눈빛을 잊을 수가 없다. 후회가 되지만 그때는 정말 아파서 어쩔 수가 없었다. 실은 선생님이 지칠 때까지 맞고 싶었지만 말이다-_-;;. (그건 나의 꿈에 불과했지만) 집에 가 보니까 빨갛고 파란 멍이 시퍼렇게 들어서 엄청 분했다. 그래서인지는 몰라도 그 후로는 아마 애들이 단체로 (그래봐야 여덟 명이지만-_-;) 개겼던 것 같다. 내가 스타트였나-ㅁ-? 일주일에 다섯 번은 우리 교실에서 큰소리가 났던 것 같다.

그 사람과 함께 한 저주스러운 1년, 나의 본성을 끄집어내기에 충분하고도 남는 시간이었다. 공부에 흥미를 잃은 때이기도 하고 말이다. 아마 그 때 그 사람을 만나지 않았더라면 내가 전교 1등, 은 좀 무리고 아마도 2등 정도는 당당히 했을 것이다. 그러므로 나는 이○○라는 사람이 나에게 영향을 가장 많이 준 사람이라고 생각한다.

마술

정요한

나에게 가장 큰 영향을 준 것은 그냥 재미로 시작했던 마술이다.

벌써 마술한 지 5개월 약간 넘었나 보다ㅋ.

마술을 하기 전엔 성격도 소심하고 사람이 많은 곳에서 자신감도 없고 떨리고 그랬지만 마술을 한 후부터는 소심한 자신감 없던 나의 모습은 다 없어졌다^-^;;.

마술을 그냥 고작 사기 속임수로만 생각하는 사람들도 있지만, 꼭 그렇지도 않다고 생각한다.

꼭 해법을 알려는 것보다 그 마술을 재밌게 보고 또 신기하게 본다면 마술을 보는 동안 안 좋았던 일들이 조금씩 풀릴 것이다.

마술은 예술이라고 생각한다. 마술을 하거나 배우기는 그렇게 어렵지 않다. 하지만 마술은 연출을 하기 나름이다. 연출을 잘 하느냐에 따라 더 신기할 수도 있다. 아무 말 없이 한다면 그건 말이 안 된다. 하지만 마술 중에도 말을 하지 않고 하는 마술들도 많다. 예를 들자면 프로덕션이라는 카드 생성 마술과, 코인 매직의 대부분은 대사를 쓰지 않는다. 또한 폴스컷이라는 마술도 말없이 해도 반응이 아주 좋은 기술 중 하나이다. 폴스컷은 진짜 연습을 오래

해야 하는 기술이다. 순발력 또한 높아야 되고, 손이 자유자재로 따로따로 움직이기 때문에, 처음엔 2단 폴스컷 같은 것으로 연습하는 게 좋다.

우리 학교에는 마술 동아리가 없어서 난 카페에서만 활동을 한다. 카페에서 활동하더라도 그 조그만 기술 하나로도 응용해서 많은 기술을 만들 수 있다. 또 마술을 볼 때 지킬 예의도 많다. 마술 도중 끼어든다거나, 계속 확인하려 한다거나, 계속 보여 달라거나 하면 좋지 않다. 또 제일 짜증나는 것은-_- 카드를 보고 외우고 까먹었다고 할 때-_- 죽이고 싶다-_-ㅋ. 마술의 종류로는 클로즈업, 스테이지, 스트리트 등 많은 종류가 있다. 스테이지는 연습은 많이 필요하지만 멀리서 하는 거라 연출하기는 편하다. 스트리트 매직, 이거 쉽지 않다-_-. 길거리를 돌아다니다가 아무 사람이나 만나서 마술을 보여 주는 것인데, 이건 한 번 해 봤는데 쉽지 않았다.

지금 나의 목표는 마술 도구를 사는 것이다. 레이븐릴오리지널, 딜라이트, 카드튠 대회에서 2등이 목표이다-_-. 근데 돈이 많이 들어서 한 푼도 안 쓰고 모으는 중이다-_-. 내가 알기로는 마술 동아리는 천고, 중앙고에 있다고 들었고, 나중에 그 쪽에도 가 보고 싶다. 지금은 아직 마술 실력이 미약하지만 꼭 더 연습해서 스트리트 매직도 많이 하고, 사람들을 즐겁게 해줄 수 있는 마술사가 되도록 노력할 것이다^-^.

내가 활동하는 마술 카페는 '마사모'라는 카페인데 이 카페는 마술을 배우기에 딱 좋다. 하지만 너무 고급 기술부터 배우려고 한다면 그 사람은 그 때부터 실패할 것이다. 마술이건 뭐건 모두 기초부터 탄탄히 해야 한다. 내가 존경하는 마술사는 이은결 매지션, 현우 매지션, 우리 마사모 카페의 그록쪼록님, 매지션님, 현규형, 수환님 등을 존경하는데 수환님은 고등학생쯤 돼 보이는데 마술로 지금 프랑스에 가 있다. 또 그록쪼록님은 롯데월드 마술 대회에서 2등인가를 하고 비둘기도 있고 카드도 많다. 하지만 수환님이 더 많다-_-. 한 200덱 되나-_-? 하지만 그분들도 연습을 많이 했다. 처음부터 잘하는 것은 아무 것도 없다. 연습! 또 연습! 이런 습관을 가지는 것이 좋다. 마술 하나를 연습하는데 너무 매달리지 말고 조금씩 꾸준히 해서 하나하나를 외우고 잘 될 때까지 연습한 후에 하는 것이 좋다. 아직 잘 되지도 않는데 했다가는 해법이 들통나기 때문이다.

진짜 마술은 좋은 것 같다. 우리 학교에도 마술 모임이 있었으면 좋겠다. 내가 많이 하는 마술은 거의 카드 마술이고 어쩌다 한번 찌마술도 만들어 보았다. 또한 동전마술, 로프마술, 기타 매직들도 많이 하지만 카드가 더 흥미 있고 재밌다. 카드 마술은 하면 할수록 매력이 느껴지기 때문이다. 또 캠으로 동영상을 찍어서 마술을 하는데 이럴 땐 노래도 넣어 가면서 하면 더 인기가 많을 것이다!

송혜교

전자홍

나는 중1이 되어서 비로소 멋 부리는 걸 알았다. 그냥 이쁜 연예인이라고 생각했던 송혜교가 '디오스' 냉장고 광고에서 정말 예쁘게 나왔던 것이다. 그날부터 나는 송혜교를 우상으로 삼았다. 그리고 옷도 웬만한 비싼 브랜드 아니면 거들떠 보지도 않았다. 그리고 거울을 많이 보게 되었고, 거울과 빗은 필수품으로 가지고 다녔다.

그러던 어느 날 1학기 기말고사가 다가왔다. 평소 공부엔 하나도 신경 안 쓰고, 외모에만 신경 쓰느라, 시험을 보는 지도 모르고 있었는데. 1학기 중간고사를 비교적 잘 본 편이었기 때문에 기말고사도 분명 잘 볼 거라고 생각했다.

그런데 기말고사가 끝나고 성적표가 나왔는데, 정말 기가 막히다 못해 코까지 막히는 일이 벌어졌다. 내가 세상에나 전교 22등밖에 하지 못했다는 거였다. 그날 바로 집에 와서 세상이 끝난 것 같이 울었다.

그때 깨달았다. 내가 정말 무모한 짓을 했구나. 그 뒤 충격 먹어서 정말 열심히 공부를 했다. 그래서 다음 시험에서는 원래 성적을 되찾았고 예전에 가지고 다니던 빗과 거울은 이제 영어 단어장과 모르는 것을 필기해 놓은 조그마한 공책으로 바뀌었다. 그 때 깨달았다. 앞으로는 겉모습만으로 사람을 평가하지 말아야겠다고^^.

성적이 떨어졌을 때는 송혜교를 원망했는데ㅜㅜ, 지금은 이렇게 대단한 것을 나에게 깨닫게 해준 송혜교에게 정말 감사한다^^ㅋ.

제 3부

울고 싶을 때

- 눈물은 내 친구
- 고요함
- 스트레스
- 부정적인 혼잣말
- 소외감을 느낄 때

눈물은 내 친구

박은재

내 주위 사람들은 잘 모르는 것 같지만 난 꽤 잘 우는 편이다. 하지만 사람들이 있는 곳에선 절대 울지 않는다. 그건 내 자존심이 나를 걸고 맺은 계약 같은 것이다. 평소엔 잘 웃고 활발하고 시끄럽지만 나만의 공간, 즉 내 방에 혼자 있게 되면 학교에서 여태껏 쌓아온 서운한 감정들을 눈물과 함께 털어 버린다. 그 때마다 나는 '우는 건 오늘이 마지막이야.' 라며 다짐하지만 잘 지켜지지 않는다. 그래서 상처도 자주 받는다. 집에서나 학교에서나 누군가 내 마음을 몰라 주는 말을 하였을 때, 그 순간 내 머릿속은 그야말로 복잡하게 헝클어진다. 막상 그땐 그냥 태연한 척 억지웃음을 지으며 넘어가지만 그 말 한 마디로 나의 하루는 완전히 망가져 버린다. 그래서 남 앞에선 절대 약해져선 안 된다고 생각한다. 하지만 이 방법은 너무 힘이 든다. 가끔 이런 내 마음을 몰라주는 주변 사람들에게 화가 난다. 낮엔 웃고, 밤에 울고……. 언제쯤 이런 생활을 그만둘 수 있을까? 이젠 지칠 대로 지쳐 버렸는데 말이다. 사람들은 너무 태연히 가시 돋힌 말을 내뱉는다. 나 역시 다른 사람들에게 그럴 것이다. 나에게 그 가시 돋힌! 말은 신체적인 폭력

보다도, 노골적으로 보내는 따가운 눈빛보다도, 내 눈물의 반 이상을 차지하고 있다. 늘 좋은 말만 할 순 없지만 그렇다고 늘 나쁜 말만 할 수도 없다고 생각한다. 나부터 조금씩 노력해 나갈이 말 한마디에 상처받는 사람이 없도록 해야겠다. 하지만 눈물이란 나의 마음을 가장 잘 아는 유일한 친구이기도 하다.

울고 싶을 때

변주영

나는 울고 싶은 날이 많이 있다.

할아버지 할머니께 혼날 때, 언니 오빠가 보고 싶을 때.

엄마가 아플 때, 내가 부자가 아니라고 생각될 때, 아빠가 보고 싶을 때이다.

내가 바로 태어나서 엄마와 아빠가 헤어졌기 때문에 많이 힘들었다.

나는 엄마와 할머니 할아버지와 같이 살고, 언니와 오빠는 아빠와 함께 떨어져 산다.

1. 할아버지 할머니께 혼날 때는 내가 너무나 잘못했고 "이러면 안 되는데." 해도, 자꾸 할아버지 할머니를 속상하게 해 드려서 정말 미안하고 슬프다.

2. 언니 오빠 – 다른 애들을 보면 언니 오빠와 친한데, 나는 언니 오빠와 떨어져 있어서 너무나 우리 언니 오빠가 보고 싶다.

3. 엄마가 아프실 때도 슬프다. 내가 중학교에 다니기 때문에 돈을 마련하시려고 면사무소에서 근로 작업을 하시는데, 너무 힘들어 하시고 하루에 고작 2만원인데, 힘든 일이 너무나 많다. 매일 팔, 다리, 어깨가 아프다고 하면 마음이 속상하고 눈물이 나온다. 나 때문에 엄마가 고생을 하시는 것 같아 '내가 왜? 태어났나?' 하는 생각이 들기도 한다.

4. 돈이 없을 때 그때도 왜 이렇게 돈이 없고 가난한가 하는 생각이 너무 많이 들었다.

5. 아빠가 생각날 때도 슬프다.
다른 애들의 아빠가 애들에게 잘 해주는 것을 보면 너무나 부러웠다. 엄마가 아플 때도 아빠가 미웠지만 너무나 부러웠다.
"아빠 사랑해요."^-^ 이렇게 말하는 게 소원이다.

나는 울고 싶을 때가 참 많지만 엄마를 위해서 참고 있다.

가족 얘기만 나오면

정다혜

"그대는 이 달에 눈물을 흘렸을 때는 언제였나요?"

"갑자기 엄마랑 아빠랑 싸우실 때였어요."

우리 엄마랑 아빠는 예전부터 떨어져 있던 적이 많았다. 엄마께서 2년 정도를 병원에서 요양하셔서, 엄마와 아빠께서는 많이 떨어져 계셨었다. 그래서인지 더욱 아끼고 좋아하시는 지도 모른다.

사건은 내가 학원 차에 타고 난 후였다. 집에 전화를 했는데 통화중이었다. 그래서 나는 생각했다. '아, 상계동 외할머니랑 통화하나 보네.' 라고. 왜냐하면 우리 엄마는 항상 집에 혼자 계시기 때문에 외할머니랑 통화를 자주 하신다.

이런저런 생각을 하며 집에 갔고 나는 손으로 벨을 눌렀다. 그때부터 안 좋은 예감이 든 것일지도 모른다. 그래서 나는 내 키로 집 문을 열고 들어갔다. 그런데 수화기는 잘못 놓여져 있고, 엄마는 쓰러지신 듯 누워 계셨다. 나는 그냥 아무 일 없을 거란 생각에 베개와 이불을 덮어드렸다. 그리고 수화기도 제대로 놓았다.

그때 누군가 벨을 눌렀다. 아빠였다. 나는 인사를 드렸고 내 방으로 들어가서 숙제를 했다. 그러다 목이 말라서 물을 먹으러 거실로 나왔다. 그런데 아빠께서 엄마를 쳐다보면서 계시는 것이다. 그러면서 '이 사람이 술 먹고 뭐하는 거야.' 라고 하셨다.

나는 다 짐작을 했다. 엄마께서 힘든 일이 있어 술을 조금 했는데, 아빠가 그걸 보고 이렇게까지 된 것이라고 짐작할 수 있었다. 그때 오빠가 왔고, 오빠가 나한테 물었다. 아빠랑 엄마 왜 저러시냐고. 그래서 난 아는 대로 얘기해 주었다. 오빠도 대충 짐작한 듯 조용히 있었는데, 갑자기 아빠께서 옷을 챙겨 입으시더니, '이 에미랑 잘 살아라.' 하고 나가시는 것이었다. 그런데 그때 엄마가 조금 일어나시더니 '아빠 잡아.' 이러시는 것이었다. 그래서 나는 어쩔 줄 몰라 멍하니 서 있었고, 그땐 이미 아빠가 나가신 후였다. 그제야 나는 실내화를 신고서 아빠가 있는 엘리베이터로 오빠랑 갔다. 오빠가 엘리베이터 앞을 막으며 왜 그러시냐고 이유라도 말하고 가라고 했다. 그때 난 느꼈다. 우리 오빠가 이렇게 컸다는 것을. 어느새 아빠께서는 반대편 엘리베이터로 가시려고 했고, 우리도 그곳으로 갔다. 아빠가 버튼을 누르고 기다리고 있는데 오빠가 잡고 늘어졌다. 나도 옆에서 왜 그러냐고 보챘지만 아빠가 오빠를 밀쳤다. 난 정말 놀랐다. 정말 이런 적은 한 번도 없었는데.

아빠가 계단으로 뛰어 나갔다. 아빠 차가 움직이는 게 보였다. 나는 '아빠!' 하고 외치려고 하는데, 입도 벌어지지 않고 목소리도 나오지 않았다. 왜 그랬을까? 정말 입이 안 벌어지고 목소리도 나오지 않았다. 사실이다. 아빠 차가 내 눈에서 사라지고 나서야 난 '아빠' 하고 크게 외쳤고 뒤를 따라 갔다. 난 공중전화로 전화를 하였고 아빠께서는 세 번째서야 전화를 받으셨다.

아빠는 걱정 말라며, 오늘만 회사에서 잔다 면서 얼른 집으로 들어가라고 하셨다. 나는 그 말을 믿고 집으로 향했다. 집에 가 보니 엄마가 펑펑 소리 내어 우시고 오빤 그런 엄마를 달래고 있었다. 오빠는 힘든 듯 나에게 엄마를 맡겼고 오빤 무언가를 찾기 위해서 엄마의 핸드폰을 들고 방으로 갔다.

그렇게 나와 엄마는 거실에 놓여졌다. 엄마는 내 앞에서 엄청 서럽게 울으셨다. 내가 눈물이 날 정도로. 난 다른 건 눈물 한 방울 나지 않는데 가족 얘기만 나오면 눈물이 주룩주룩 쏟아져 내린다. 나의 달램 속에 엄마가 말을 꺼내셨다. 이유는 할머니가 돌아가셨다는 것이다.

우리 엄마가 그걸 얘기하면서 '할머니가 보고 싶어. 할머니가.' 이렇게 계속 큰 소리로 반복하시는 것이었다. 그리고 나도 울게 만든 엄마의 한 마디. '할머니, 나도 같이 데려가. 나도 같이 하늘로 데려가.'

정말 울음이 쏟아졌다. 그래도 소리 내어 울진 않았다. 엄마 앞에선 강해 보여야 했기 때문이다. 난 고개를 뒤로 젖혀 눈물을 눈으로 다시 흘려 넣었고, 다시 엄마를 달랬다. 그렇게 엄마는 한 시간 정도 우시다가 지쳐 잠이 들고 말았다.

나도 힘들었는지, 생각은 안 나지만 엄마가 잠이 든 후 바로 잠속으로 간 듯하다. 그 다음 날 아빠께서는 엄마랑 같이 오셨고, 아직 말이 많이 트이진 않았다. 그래서 한동안 서먹서먹했다. 하지만 나의 유머스런 말로 이런 분위기는 점점 예전의 화목하고 웃음이 넘치는 분위기로 되돌아가고 있다. 그래서 지금은 많이 웃고 장난도 치고 그런다. 엄마의 서러운 울음소리에 나도 서글퍼 소리 없이 꾹 참다가 눈물을 한두 방울 흘린 것이 이 달에 내가 운 일이었다.

"그대가 이 달에 가장 행복하다고 느낄 때는 언제였나요?"

"이 달에 눈물을 흘렸을 때를 생각하며, 지금의 생활과 비교해서 입가에 살짝 미소를 지을 때랍니다."

불안

정나영

– 부모님께서 아프시거나, 힘들다고 하실 때

– 친구들이 조금 멀어졌을 때

– 시험 볼 때 모르는 문제가 있었을 때

– 선생님께 혼이 났을 때

– 엄마, 아빠가 일을 밤늦게까지 하실 때

– 나 혼자 가족과 떨어져서 야영이나 캠프 갈 때

– 뉴스에서 우리나라에 무슨 일이 생겼다고 할 때

– 부모님이 회사 사람이나 아는 분을 만나러 가실 때

– 폭설, 폭우가 내릴 때

– 운동회 날 달리기 출발점에 섰을 때

– 전쟁영화를 보고 난 후

– 그 외 등등.

에너지 충전기

김양희

세상에는 수천수만 개의 소리가 있다. 자동차 소리, 공사하는 소리, 책 넘어가는 소리, 이야기하는 소리, 바람소리 등등. 이런 시끄러운 소리 속에 우리는 살아간다. 그 동안 난 한번도 고요함이라는 것을 느끼지 못하였다.

고요함이란 가만히 혼자 아무 소리도 내지 않고 있는 것이다. 난 얼마 전 평생에 잊지 못할 고요함을 느꼈다. 소리 없이 숨소리만 가득했던 우리 학교 도서실에서. 눈을 감고 나는 행복했던 추억들만 생각하였다. 과거의 일, 현재의 일, 미래의 일.

과거의 일은 내가 미국에서 디즈니랜드에 간 것을 생각했고, 현재에는 지금 느끼고 있는 고요함을 생각했다. 미래는 내가 하고 싶은 일을 마음껏 하며 사는 것을 생각했다. 사실 고요 체험하는 일도 지겨웠다. 허리도 아프고 눈도 뜨고 싶었다. 하지만 참았다 많이 참았다. 10~20분가량 지나 눈을 뜨게 되었다.

쉬는 시간은 10분인데 5분으로 느껴지고 고요 체험 시간은 10분인데 30분으로 느껴졌다.

지겹기도 했지만 내 머리 속에는 행복이 가득 차 있었다. 과거,

현재, 미래 이 세 가지에 모두 행복이 가득 차 있었다. 고요함은 나를 행복하게 만드는 에너지 충전기라고도 할 수 있고 수호천사이기도 하다.

고요함

김학래

잠을 자거나 생각하는 것
조용한 곳에서 파도 소리를 들으며 등산을 하는 것
명상의 시간 등
나라면 고요함을 느낄 수 있는 방법을 어떻게 찾을까
나는 노래를 들으며 잠을 자겠다
꽃밭에서 나비와 벌들이 날아다니는 것도 고요함이다
개구리들이 목청껏 노래를 하는 것 등의
많은 것에도 고요함이 들어 있다.

10분 동안

손미나

오늘 5교시는 국어였다. 국어 선생님께서 오셨다. 국어 선생님께선 고요 체험을 한다고 하셨다. 그런데, 나는 그것을 잘 못 듣고 고유어 체험이라고 하신 줄 알았다.

그래서 짜증이 났다. 난 고유어에 대해 잘 모르기 때문이다. 그런데 국어 선생님께서 칠판에다 '고요 체험'이라고 써 주셨다. 그제야 나는 안심을 하였다. 선생님께서 일단 손을 무릎 위에 놓고 엉덩이를 의자 끝에 붙이고 어깨를 펴라고 하셨다. 그러고 나서 눈을 감으라고 하셨다.

그래서 우리 반 모두 눈을 감았다. 국어 선생님께서는 웃지 말고 편안한 자세를 하라고 하셨다. 그러나 나는 눈을 감으니깐 웃음이 먼저 나왔다. 나오는 웃음을 참고, 선생님께서 말씀하신 대로 아름다운 풍경을 떠올리려 하는데, 잘 되지 않았다. 그러다 갑자기 웃음이 나왔다. 점심시간에 3반 남자 아이랑 싸웠는데 그 아이가 생각났다. 내가 그 아이를 마구 때리는 생각, 생각이지만 속이 시원하고 정말 행복하였다.

이런 잡종 생각을 다하고 나서 나는 아름다운 '풍경'을 생각하였다. 그것은 사진 한 장이었다. 사진 한 장에는 해바라기인가, 코스모스인가가 크게 그려져 있고, 해가 환하게 비추어 주는 것이었다. 그밖에 풍경은 뒤에 산이 있고 금방이라도 무너질듯한 허름한 집 몇 채들과 논이 있는 풍경이었다. 정말 아름다웠다.

눈을 감은지 한 6분쯤 되었나? 친구들이 조금씩 움직이기 시작했다. 그래서 나도 움직였다. 조금 뒤 선생님께서 눈을 뜨라고 하셨다. 10분 동안 했다고 하셨다. 10분이 꼭 1시간 같이 느껴졌다. 참 괴로웠다. 선생님께선 집에 가서도 해보라고 하셨다. 나는 집에 와서 숙제를 하기 전 알람을 10분 뒤로 맞추고 눈을 감았다.

감은 지 16초만에 눈을 떴다. 그 이유는 자꾸 누군가가 나를 쳐다보는 것 같고, 아무리 집중을 하려고 해도 잘 되지 않았다. 나는 다시 시도해 보지 않고 그만두었다. 집에서의 고요 체험은 실패로 돌아갔다.

고요 체험을 하면서 '이렇게 어지러운 사회도 조용할 수가 있구나!' 하는 것을 느꼈다.

평화의 나라

손미나

고요함 속에서
어쩌면 '마음' 이라는 것을
찾았는지 몰라

고요함 속에서
어쩌면 '사랑' 이라는 것을
찾았는지 몰라

고요함 속에서
어쩌면 '믿음' 이라는 것을
찾았는지 몰라

마음과 사랑과 믿음
어렵게 세 개의 낱말이
모이면 어쩌면 우리나라도
평화의 나라가 될지 몰라

정말 어쩌면

평화의 나라가 될지 몰라

고요 체험기

반혜준

1. 체험한 것 : 뼛속까지 느껴지는 깊은 고요함

2. 체험 동기 : 재량 국어 시간에 느껴 본 고요함뿐만 아니라 집에서도 고요함을 느껴보라는 국어 선생님의 말씀이기도 했지만, 학교에서 실눈 뜨고 시계만 쳐다보던 그런 고요함이 아닌 진정한 고요함을 찾아 느껴 보고 싶었기 때문에, 다시 한 번 고요 체험을 하게 되었다.

3. 체험 경로 : 10분 동안 고요함을 직접 체험해 보면서 진정한 고요함을 찾아 느껴본다.

4. 체험 방법

① 시계를 10분 뒤에 알람이 울리도록 맞추어 놓는다.

② 의자에 앉아 고요함을 체험할 준비를 한다.

③ 마음을 가다듬고 눈을 감는다.

④ 고요함을 체험한다.

⑤ 맞추어 놓은 시계 소리가 들리면 눈을 뜬다.

5. 체험 내용 : 고요함, 진정한 고요함이란 무엇일까? 나는 아마도 고요함이란 몸소 느끼지 않고서는 모를 것이라 생각한다. 그래서 직접 고요함을 체험해 보기로 했다. 고요함을 느끼는 것에 익숙하지 않은 나로서는 딱 10분 동안만 진정한 고요를 찾아 떠나기로 했다. 우선 10분 뒤에 알람이 울리도록 시계를 맞추어 놓고 의자에 앉아 고요함을 체험할 준비를 마쳤다. 그리고는 마음을 가다듬고 눈을 살며시 감았다. 눈을 감은지 몇 초도 지나지 않은 것 같은데 금세 방안이 조용해졌다. 처음에는 이게 바로 고요함일까? 하는 생각이 들었지만 점점 시간이 갈수록 고요함에 싫증을 느꼈다. 동시에 온갖 잡다한 생각들이 머릿속에 하나 둘씩 들어찼다. '고요 체험, 5분만 하고 대충 끝낼까?', '내일 영어 들었지?! 시험 본다고 했는데…… 등등' 이런 저런 생각들이 떼어 버리려고 하면 다시 생각나고 떼어 버리려고 하면 다시 생각났다. 이번 고요 체험은 성공도 실패도 아닌 것 같다. 성공이라고 하기에는 너무 잡다한 생각들이 많이 떠올랐고, 실패라고 하기에는 그런대로 의미가 있었으니까. 고요함, 나는 내가 살아왔던 14년 동안 나름대로 고요함을 많이 느껴 보았다고 생각한다. 하지만 우연히 얻게 된 고요함이 아닌 내가 직접 고요함을 느끼고자 노력하여 느낀 것이라 그런지 더욱 뿌듯하고

잠잠하고 조용한 고요함의 매력을 깊이 느낄 수 있었다. 더욱이나 고요함을 느끼는 것이 정신적으로도 좋다고 하니, 앞으로도 가끔씩 고요 체험을 해보아야겠다. 물론 다음에 도전할 때에는 100% 성공 중의 성공이 되도록.

귀중한 시간

최은지

고요함, 내 안에 나를 찾는 시간.

마치 어둠속에 빛나는 별처럼

그 어둠 안에서 나를 찾는다.

내 원하는 대로 꿈을 이룰 수도

내 원하는 대로 생각할 수 있는

그런 고요한 세상에서 나를 찾는다.

나는 누구인가. 내가 진정으로

원하는 것은 무엇인가?

나에게 묻고 나에게 답하는

귀중한 시간.

조용한 행복

박지은

국어 시간에 고요함을 체험하는 시간을 가졌다. 처음이자 마지막(?)으로 갖게 된 고요한 시간이라서 그런지 엄청 어색하게 느껴졌다. 한편으로는 행복했다고도 할 수 있다. 왜냐하면, 나에게는 엄청 오랜만에 찾아온 고요함이었기 때문이다. 그래서 행복하기도 하였다.

선생님께서는 명상을 하면서 아름다운 풍경을 생각하라고 하셨다. 나는 해가 뜨고 지는 모습과 우리 집 앞에 하얀 목련이 핀 것과 어떤 아저씨가 할머니를 도와주는 모습, 버스에서 내가 할머니 할아버지들께 자리를 양보하는 모습, 길을 찾아주는 어느 한 아저씨의 모습을 떠올렸다. 이 생각이 계속 맴돌다가 갑자기 기침 소리와 움직이는 소리들이 들려왔다. 그래서 내가 생각하고 있던 아름다운 장면들이 다 깨지고 평소에 생각하던 내일은 뭐하지? 다음 시간이 뭐드라? 점심시간이 언제지? 쉬는 시간은 언제지? 아, 졸립다! 등 이런저런 생뚱맞은 생각으로 확 바뀌었다. 다행히도 선생님께서 다시 고요한 시간을 만들어 주셨다. 아까 그 생각을 하기가 너무 어려웠다. 나는 한 번 깨진 생각은 다시 하기기 어렵다. 즉, 집중력이 떨어진다는 것이다. 집에서는 아무도 내 명상을 깨뜨리지 않는데 도서실에서 하니 계속 방해가 되었다. 다시 집중을 하고 열심히 아름다운 장면을 생각하였다.

어느 날, 1반의 박 양과 함께 천안역에 갔을 때 집에 오는 길에 오곡리 가시는 할머니께서 버스를 찾고 계셨다. 그 때 마침 우리도 그 버스가 아니면 병천 가는 버스를 타야 해서 할머니 짐을 들어드리고 그쪽으로 가시는 아주머니께 부탁하여 집에 간 적이 있었다. 조금 오래된 일이어서 기억이 약간 흐릿하지만 분명히 착한 일을 했던 것으로 기억한다.

선생님께서 다시 가장 편안할 때의 모습을 떠올리라고 하셨다. 그래서 가장 편안할 때의 장면을 떠올렸다. 그것은 다름이 아닌 침대였다. 침대에서 자고 있는 내 모습이 가장 먼저 떠올랐다. 요즘 학원에서는 11시쯤에 끝나지, 숙제하고 나면 12시가 넘지, 그리고 거기에다가 감기까지 들어 힘들어서 침대가 가장 먼저 떠올랐다. 그러다가 잠이 들뻔 했지만 선생님께서 눈을 뜨라고 하셨다.

이번 고요함은 정말 오랜만에 찾아온 것 같다. 정말 진지하게 한 것은 이번이 처음이고, 학교에서 이렇게 조용했던 것도 이번 고요 체험이 처음이다. 정말 행복했던 체험인 것 같다.

스트레스요

이지혜

모든 사람은 스트레스를 받는다. 나 또한 그렇다.

심지어 갓난아기까지도.

내가 요즘 심각하게 스트레스를 받고 있는 이유는 '이성문제' 이다.

물론 짝사랑이다. 내가 손해 보는 것 같기도 한데, 절대! Never! 포기가 안 된다.

내가 이렇게 힘들고 외로울 때 그 애는 다른 여자와 웃고 있다.

난 지금 어떻게 해야 하는지 그 애의 맘을 도무지 모르겠다!!

잘 해주는 듯하면서도 아닌 것 같고. 그 애는 생각과는 다르게 무뚝뚝하면서도, 잘 웃고 지나치리만큼 잘 논다.

친구들한테 내 마음을 털어놓으면 놀라는 아이들도 종종 있다.

그만큼 그 애가 평범하다는 말이다.

그 애를 국어선생님께만 털어놓겠다.(절대 비밀이예요.)

그 애는 바로 Dongmin이다-0 -;.

다른 사람들이 걔를 어떻게 보든 난 상관 안 한다.

내 마음이 중요한 것이다. 다른 사람들의 말대로 물론 그 아이의 단점이 많다.

나도 인정한다. 하지만 사랑은 비교하지 않는 것!

단점 없는 사람은 이 세상에 존재하지 않는다. 나도 물론 단점이 많고.

만약 존제한다 하더라도 분명 거리감이 느껴질 것이다.

사람은 자신과 잘 맞고 잘 통하는 사람이 제일 좋다는 말도 있다.

그 말처럼 멋있다, 공부 잘한다는 칭찬보단 부족한 점을 채워주고 많은 것을 나누는 그런 사람, 그런 사람이 되고 싶다^ ^. 제발 이루어지길 빕니다……^ ^.

PS. 저 사랑에 빠진 것 같아요ㅠㅠ 선생님! 고민 좀 풀어 주세요.

죽음으로 한 발짝

백소영

스트레스 받는 일은 많다. 가족들이, 친구들이, 여러 가지 일들이 나를 힘들게 한다. 그 중 최고를 뽑자면 아빠한테 받는 스트레스이다. 아빠께서 주말에 약주를 하셨으면 그 다음엔 주무시면 좋으련만 우리 삼남매를 오라고 하여 컴퓨터 하는 시간을 몇 시부터 몇 시까지 정하자, 또는 아침에 동생이 화를 내면서 학교에 가면 밤에 싸가지가 없다는 둥……. 금방이라도 파리채로 때릴 듯한 표정, 분위기로 동생의 말문을 잠기게 하여 결국 동생을 울게 만든다. 또 공포의 앉았다 일어났다를 하는데 무서운 표정으로 스트레스를 쌓이게 한다.

제일 심각한 것은 엄마와 외할머니 댁 식구들을 자꾸 나쁜 사람들로 만들려고 한다. 몇 년 전 아빠의 동생, 막내삼촌이 돌아가셨을 때 외할머니 댁에서 한 명도 안 왔다는 이야기를 수도 없이 엄마한테 말하신다. 외할머니 외할아버지께서는 무릎, 발가락이 편찮으셔서 거동이 힘드셔서 못 오신 거였는데.

저번 주 일요일에는 친할머니께서 오셨다가 가시는데 엄마께서 실수로 사슴피를 안 드렸다. 아빠는 왜 안 주었냐면서 화를 내셨다. 엄마께서 실수로 그러신 것을 아빠는, 외할머니 댁에는 어쩌다 드리면서, 매주 오실 때마다 드리는 것을 안 주었다고 화를 내시니. 우리 삼 남매는 아빠가 술을 드시고 늦게 오는 날이면 무서워한다. 우리가 잠을 자도 깨우기 때문에 소용이 없다. 술을 만든 것이 누군지 그냥 '콱'.

그에 따른 스트레스 해소는 학교에서 주로 한다. 그건 바로 쉬는 시간에 하는 '포카칩'이다. 가위 바위 보를 해서 지는 사람이 밑에 손을 깔고 이긴 사람 마음대로 때리는 것이다. 질 때는 손이 얼얼하지만 때릴 때는 너무 좋다. 친구들한테는 미안하지만 '포카칩'이 스트레스 해소하는 것이어서 세게 때릴 수밖에 없다. 하지만 친구들도 스트레스를 푸는 것처럼 세게 때리니깐 아주 많이 미안하지는 않다.

뚜껑 열리기 전에

이보람

나는 학교에서 스트레스를 받는다. 왜냐? 애들이 나를 놀리기 때문이다. 며칠 전 시험을 봤다. 그런데 점수가 영 썩 좋은 편이 아니다. 그 중에서도 수학 시험을 엄청 못 봤다. 그런데 점수 보고 오해인과 조영상이 놀렸다. 지들도 못 봤으면서. 이럴 때 나는 엄청난 충격을 받는다. 집에 성적표 오면 혼날 텐데 학교에서도 놀림을 받아야 하다니 그래서 나는 눈물이 고였다. 남의 약점을 그리 쉽게 아무렇지도 않게 놀리다니! 정말 싫었다. 그래서 길에 아무도 없을 때 소리 지르거나 집에 가서 욕을 하거나, 그림 그려놓고 손짓하면서 찢으면 스트레스가 해소된다. 그래야 마음이 편하다.

그리고 친구들 때문에 스트레스를 받는다. 알다시피 나는 지혜, 소라, 봄이, 자홍이랑 다닌다. 그런데 가끔씩 그 애들이 나를 우습게 보는 것 같다. 그 때마다 열이 받는다. 어떻게 보면 소라만 나의 진실한 친구이고 다른 애들은 나를 싫어한다는 생각이 든다.

자홍이랑 봄이는 우리 반에 올 때 항상 머리 빗이나 머리 끈, 책이나 거울을 빌리러 온다. 그러면 나는 서운하다. 그렇게 받은 스트레스는 집에 가서 글로 쓴 후 찢으면 속이 시원하다. 나는 이런 식으로 스트레스를 해소한다. 이게 나만의 해소법이다. 이렇게 하면 스트레스가 한 번에 쫙 풀린다.

유치한 복수

손미나

난 스트레스 때문에 죽겠다. 365일 스트레스 없는 세상에 살고 싶다. 정말 짜증이 난다. 나는 사소한 것에도 금방 스트레스가 쌓인다. 그 사소한 것은 내 뜻대로 되지 않을 때. 머리가 빠지는 것 같다. 나는 이것을 사고 싶은데, 저것을 사라고 하고!

전에 가족끼리 장에 간 적이 있다. 졸라서 간신히 옷가게에 들어갔는데, 언니가 이상한 꽃무늬에 보라색 배경의 옷을 사라고 했다. 그래서 나는 싫다고 했더니 쫄랑 부모님한테 가서 사 주지 말라는 것이다!! 얼마나 기가 막히던지. 내가 고르는 옷마다 차라리 이걸 사느니 저거 사겠다, 이러는 것이다. 나는 그 말에 뜨끔해서 고르고 또 골랐다. 그 옷가게에는 언니와 나의 싸우는 소리로 가득 찼다.

결국 싸움만 하고 나왔다. 얼마만에 온 기회인데! 아 정말 짜증나고 스트레스가 쌓였다.

아니 자기 옷 사는 것도 아니고, 지 옷 안 사 준다고 괜히 나한테 심술을 부린다.

정말 정말 사소하지만 나한테는 안 좋은 추억이다.

나는 그렇게 쌓이고 쌓인 스트레스를 복수로 푼다. 어디서 들었는데 스트레스 받으면 음식을 막 먹고 소리 지르며 화풀이를 하라고 한다. 나는 복수해서 그 통쾌감으로 스트레스를 푼다. 나의 복수는 우선 궁금하게 하는 것이다. 이것은 기회가 중요하다.

만약 부모님께서 전화를 하시고 끊으시면 '뚜뚜뚜' 할 때 "아, 정말 알았어. 웅ㅎㅎ." 웃는다. 그때부터 미친 사람처럼 웃는다. 그럼 언니가 "뭐래?" 이러면 "몰라." 딱 잘라 말한다.

처음엔 언니가 자존심을 세우고 "웅, 안 궁금해." 이러면 "웅."이라고 하고 또 웃는다. 그럼 언니는 속으로 별의별 생각을 다한다. 그러다, 나한테 빌빌거린다. 주의할 것은 전화기를 숨겨야 함!! 그러다 나중에 "밥 잘 챙겨 먹으래." 라고 하면 언니는 쓰러진다. 으히히히 정말 통쾌하다!! 유치한 복수지만 너무 통쾌하다.

한자 시험 보는 날

김미소

설상가상. 눈 위에 또 서리가 내린다는 뜻으로 불행이 연거푸 일어남을 이르는 말이다. 이 말은 현재 나를 위해 존재하는 말일 것이다. 왜냐하면 지금 내 사정이 그렇기 때문이다.

중간고사와 도학력평가가 겹쳐 있어서 골치가 아픈데, 거기다 사자소학이라는 한자 시험까지 겹쳤다.

사자소학에 대해서는 잠깐의 설명이 필요하다. 한자와 예의를 매우 중요하게 생각하시는 우리 아빠는 별안간 잘 지내던 나에게 한자를 가르치기 시작했다. 그렇게 해서 4학년 때부터 시작한 공부가 사자소학이다.

4학년, 5학년, 6학년은 잘 졸업했음에도 불구하고 사자소학은 졸업을 못했다. 나는 지금도 사자소학을 못 외우고 있다. 못 외우는 건지 안 외우는 건지 나 자신도 모르겠다.

일요일. 오늘이 바로 사자소학 시험 보는 날이다. 나는 괜히 화가 나서 교회에 갔다 오고 옷을 갈아입은 뒤 연필 한 자루를 부셔 버렸다. 그리고 나서 엄마가 볼까 봐 책상 깊은 곳에 처박아 버렸다. 그리고 그것으로도 만족하지 못해 괜히 우유 먹는 15개월짜리 동생의 젖병을 빼앗아 장롱 위에 올려 버렸다.

동생은 한동안 가만히 있다가 서러웠는지 울면서 밖으로 아장아장 걸어 나갔다. 나는 우유병을 꺼내서 만지작만지작거렸다. 바보같이 말 못하는 애기 젖병이나 빼앗다니. 나 자신이 너무 한심했다.

다시 책상에 앉았다. 한자 책과 생활국어 책이 나란히 있다. 둘 다 태워 버리고 싶었다. 그래서 한마디 내뱉었다. "세종대왕 새끼랑 한자 만든 새끼 죽여 버릴 거야." 그리고 동시에 책상 위를 아니 정확히 말하면 책꽂이 위를 봤다. 1년 전 선물 받은 큰 가필드 인형이 있었다. 반쯤 감긴 눈에, 둥그런 분홍색 코.

괜히 화가 나서 인형의 코를 물어뜯어서 가필드 얼굴에서 분리시켰다. 가필드의 눈이 매섭게 나를 째려 봤다. 밖으로 나가서 우리 집 똥개한테 가필드 코를 주었다. 장난감이 되어 버린 가필드의 코. 너무 망가진 물건들이 많다. 이제는 괜히 다른 것에 분풀이하지 말고 참는 법 즉, 인내심을 길러야겠다.

내 주제에 무슨

박은재

나는 지극히 평범한 아이이다. 아니, 어쩌면 평범 이하의 아이일지도 모른다. 얼굴이 예쁘게 생긴 것도 아니고 공부를 잘 하는 것도 아니며 성격이 좋은 것도 아니다. 이런 내가 다른 사람한테 무엇을 바랄 수 있을까? 나는 행복하기를 바랄 자격이나 있는 것일까?

나는 무슨 일을 하기 전에 늘 망설인다. 그래서 하고 싶은 말도 행동도 속으로 생각만 할 뿐 선뜻 표현하지 못한다. 용기도 부족할뿐더러 '내 주제에 무슨…….' 이라는 생각이 내 머릿속에 새겨져 있기 때문이다. 대체 언제부터 이 생각이 나를 조종하게 된 것일까? 짜증나다 못해 이제는 무서워지기까지 한다. 이렇게 나는 나에 대해 심각해지고 내가 싫어질 때가 종종 있다. 그럴 때 나는 이 괴로움에서 벗어날 수만 있다면 죽어도 상관없다는 생각까지 하게 된다. 모두에게 도움 안 되는, 오히려 폐가 되는 내가 왜 태어난 것일까? 이런 나라면 차라리 없는 편이 더 나을 텐데. 이것이 내 머릿속을 채운 부정적인! 혼잣말이다.

부정적인 혼잣말은 하면 할수록 생각하면 할수록, 나를 약하게 만드는 것 같다. 이 말들은 단순한 혼잣말이 아니라 자연스러운 습관 중 하나가 되어 버렸으니 말이다. 앞으로는 나의 장점을 발견하여 그 장점에 자신감을 갖고 긍정적인 생각을 하는 사람이 되었으면 좋겠다.

악의 주문

강지웅

나는 할 수 있는 게 많지 않다. 그래도 언제나 끝을 맺으려 하기에 그 끝이 좋든 나쁘든 끝을 보아왔다. 나는 귀찮은 일이나 내가 잘 못하는 일은 안 하려고 한다. 예를 들어 오래달리기 같은 것을 할때 나는 달리는 걸 싫어하고 또한 체력도 없어서 항상 애들이 나를 앞질러 간다. 그럴 때면 나는 '역시 나는 안 되나 봐.', '어쩔 수 없어.', '그냥 포기해야지.' 등 할 수 없다는 부정적인 말을 하게 된다. 그러면 나는 마치 나의 모든 힘을 무력화 시키는 악의 주문에 걸린 것처럼 순식간에 많은 체력이 소모되는 듯하다. 달리기 말고도 내가 싫어하는 것은 축구. 달리기도 못할뿐더러 공 차는 것도 워낙 형편없다 보니 축구를 할 때면 나도 모르게 다시 악의 주문에 걸려들고 만다. '역시 난 어쩔 수 없나 보다.' 그러면서 그냥 교실에 빨리 가려고만 한다. 이렇게 축구나 오래달리기 등을 할 때에는 악의 주문을 외우게 된다. 그렇지만 나는 또한 그것을 이기는 선의 주문도 외운다. '아무리 내가 못해도 포기할 순 없지.', '나도 한 번 해 볼까?', '누구든지 처음부터 잘하지 못할 거야. 나도 잘할 수 있어.' 라고. 그렇기에 이제는 악의 주문이 두렵지가 않다.

내 안의 부정적인 말

송인진

내 안의 부정적인 말에는 두세가지 정도가 있다.

그 중 첫 번째 '나는 정말 공부를 못할 거야!'이다. 왜냐하면 나는 공부도 못하고 잘하는 것도 별로 없기 때문이다. 그리고 공부는 예전보다 나아졌는데 그래도 자신이 없고 못할 것 같기 때문이다. 그래서 나는 이제라도 공부를 더 열심히 해서 '공부를 못 한다.', '공부는 정말 못할 것이다.'라는 말은 절대로!! 정말로 하지 않을 것이다.

내 안의 부정적인 혼잣말로 두 번째는 '나는 내 꿈을 이룰 수 없을 거야!'이다. 그 이유는 내 꿈이 수의사인데 수의사가 되려면 모든 것을 다 잘해야 하기 때문이다. 그렇지만 수의사 꿈을 포기하려 해도 포기할 수가 없다. 왜냐하면 나는 동물을 사랑하고, 아끼고, 행복하게 해주고 싶기 때문이다.

이런 부정적인 말들은 우리를 더 안 좋은 길로 가게 하기 때문에 되도록 이런 말은 삼가는 것이 좋다고 생각한다. 그리고 부정적인 혼잣말을 하면 성격도 안 좋아지기 때문에 부정적인 속삭임이나 혼잣말들은 하지 않는 게 좋다.

마지막으로 내 안의 부정적인 혼잣말은 '친구들을 욕하는 것, 아무에게 욕하는 것'이다. 그러니까 2004년 12월 12일 일요일, 나랑 슬기랑 주연이랑 내 동생 인영이랑 집에 가려고 걸어가고 있는데 어떤 5~6학년쯤 되는 남자애들 8명이 우리를 향해 욕을 해대는 것이다. 그래서 화가 나서 쫓아가니 우르르 도망을 갔다. 그래도 화가 나서 막 쫓아가니 어떤 애가 자빠져서 짜증을 내고 있었다. 그리고 짜증을 내면서 말끝마다 "C발"이라는 욕을 해 머리통을 한 대 갈겨 버렸다. 그리고 그 곳에서 말싸움이 일어나게 되었다.

내 동생은 다칠까 봐 내버려 두고 나랑 슬기랑 주연이가 남자아이들과 맞짱을 깠다. 그리고 중학생이냐고 물어보길래 그렇다고 하니깐 비웃길래 학생증을 보여주니깐 가만있었다. 그리고 나도 학생증을 보여 달라고 하니까 없다고 뻥을 치면서 슬슬 내빼는 것이다. 그래서 욕이 나왔다. 좀 하다가 참아 보았다. 그렇게 참아 보니 애들이 더 까불어서 소리를 높이니깐 조용히 있었다. 다시 또 이런 일이 생기게 되면 아작을!!!! 내버릴 것이다!! 그리고 나와 슬기가 참아서 다행이지 안 참았으면 죽였을지도 모른다.

혼자 하는 생각

강병남

나는 혼잣말을 하는 경우가 많다. 혼잣말이라기보다는 그냥 혼자 하는 생각이 더 어울릴지 모르겠다. 대표적인 게 '나는 실수를 자주하니까 이건 더 노력해도 안 될 거야.' 이거다. 특히 시험 볼 때 더욱 그런 증세가 나타난다. 시험 끝나고 보면 문제를 잘못 본 것이나 이해를 잘 못 한 것들이 틀린 문제의 반 정도를 차지한다. 그러니 실수만 안 하면 평균이 오른다. 하지만 나는 처음부터 실수를 한다는 말을 떠올리니, 잘 안 되는 건 당연한 것 같다.

그리고 나는 '나는 못 할 것 같은데.' 라고 생각하고 '역시 나는 안 되네.' 이런 생각을 자주 한다. 내 머리속에는 자신감이라고는 눈곱만큼도 들어 있지 않은 것 같다. 어떤 때는 '나는 할 수 있어.' 이렇게 생각도 하는데 그렇게 생각해도 결과는 마찬가지다. 그리고 결과적으로 나오는 생각은 '나는 이만큼이면 만족해.' 그러면서 계속 했던 만큼만 하는 것이다. 예를 들어 1학기 중간고사, 기말고사는 3등을 했다. 그리고 2학기 중간고사도 3등을 했다. 나는 6학년 때도 3등을 했으니 계속 3등을 하는 것이다. 앞에서 말했듯이 나는 실수를 해서 틀린다고 했다. 그런 생각이 드니 계속 틀릴 수박에. 그리고 이번 기말고사는 7등을 했다. 나는 계속 3등만 할 줄 알았는데 7등을 하고 만 것이다.

그래서 나는 생각했다. '가만 있으면 안 되겠구나…….' 그래서 이제부터는 노력해야겠다는 생각을 하게 되었다. 이 생각은 부정적인 혼잣말이 낳은 나의 긍정적인 혼잣말이다.

혼잣말

이나라

나는 항상 남에게 들리지 않게 이러쿵저러쿵 혼잣말을 많이 한다. 내 목소리가 커서 혼잣말이 들릴 수도 있지만 어쨌든 나는 혼잣말을 많이 한다. 그 중 제일 많이 하는 혼잣말은 "짜증 나." 이다. 화난 정도에 따라 '아'부터 '씨'까지 말을 골라 붙이기도 한다. 평소에 짜증난다는 말을 제일 많이 하는 만큼 나는 부정적인 생각을 많이 가지고 살아간다.

짜증난다는 말 말고 나에게 가장 부정적인 혼잣말은 시험 스트레스에 관한 말이다. 나는 평소 시험 기간만 되면 압박감 때문에 스트레스를 엄청 받는다. 다른 사람들도 마찬가지겠지만, 하여튼 나는 시험 스트레스를 많이 받고 그에 대해 혼잣말을 많이 한다. 그 중 대표적인 것이 '이번 시험 분명히 망칠 거야.', '점수랑 등수 떨어지면 어떡하지?'이다. 자신감을 가지려 해도 벌써 이렇게 생각하고 말하고 있다. 생각해보면 그 시간에 차라리 공부를 하는 게 나을 것 같은데 말이다. 그리고 항상 TV를 보거나 컴퓨터를 할 때 정말 죄책감이 든다. 이러면 안 되는데, 한가하게 쉬고 있기 때문이다. 열심히 하려고 하면 졸리고 손도 안 가고 다 모르겠고, 시험 스트레스 때문에 걱정이 이만저만이 아니다. 제발 시험 좀 없어졌으면 좋겠다.

나의 부정적인 혼잣말을 또 소개한다면 바로 이것이다. '내 건강에 이상이 생긴 걸까?' 드라마를 너무 많이 본 탓인지, 뭐 배 좀 아프면 맹장, 위가 있는 쪽이 아프면 위염, 귀에서 '삐' 소리만 나면 중이염이나 이명증 정도? 하여튼 전에는 엄청 심하게 배가 아파 암이라도 걸린 게 아닌가 걱정을 한 적도 있다. 참다 참다 아파서 병원에 가면 배탈이라든가 스트레스성 장 증후군 이래나 뭐래나.

생각해보니 나의 혼잣말들은 모두 나의 부정적 생각과 걱정 때문에 이루어지는 것들이다. 이제 부정적인 말을 하기보다는 부정적인 말을 하지 않는 방법을 생각해 좀 더 긍정적으로 살아야겠다. 요즘 스트레스를 엄청 심하게 받는 일이 있어서 최대한 모든 것을 긍정적으로 생각해 스트레스를 받지 않도록 노력 중인데, 뭐든지 긍정적으로 생각하고, 튀어나오는 부정적인 말투를 참으며, 나의 부정적인 혼잣말들을 내 생각에서 아예 뿌리 뽑아 버려야겠다.

아무도 날 알아주지 않아요

정정은

난 초등학교 1~3학년 초까지는 너무 내성적이고 차가운 아이였다. 항상 애들한테 둘러싸여 있어도 단짝 친구는 없었다. 또 남자애들하고는 거의 말도 안 했고, 남자애들이 때리고 장난치면 화를 내지도 않고 그냥 다 무시하는 편이었기 때문에 애들은 날 건드리지 않았다. 4, 5, 6학년 때 난 조금씩 변해 갔다. 애들이 항상 내 주위에 있었기 때문에 애들이 같이 놀자거나 나한테 와서 말을 자주 걸었다 . 난 조금씩 대답하면서 말도 조금씩 많아졌고, 유머가 넘치는 사람으로 변했다 .

애들은 날보고 "정은아 넌 화났을 때나 무표정일 땐 살아 있는 얼음 동상 같아. 그러니까 항상 웃어." 이렇게 말해줬다. 그래서 난 항상 웃었다. 그 뒤로 화도 많이 내지 않았고, 무표정일 때는 거의 없었다. 그래서 애들은 나에게 스마일이라는 별명까지 붙여 주었다.

하지만 그것도 잠시였다. 6학년 1학기 때는 다른 때와 같이 재미있는 생활을 했다. 그런데 2학기 들어 두 달 뒤쯤인가? 애들이 날 피한다는 생각을 했다. 애들이 귓속말도 하고, 날 많이 무시하는 듯했다. 난 그때 눈치를 챘다. 그 말로만 듣던 왕따라는 것을 당하고 있다는 것을. 그 뒤 나도 애들을 피했다. 어차피 같이 있어 봤자 날 무시할 것이고 나도 기분이 나쁠 것이기 때문이다.

애들과 사이가 멀어지면서 성격도 점점 다시 옛날처럼 변해갔다. 누가 날 건드리기 만해도 짜증을 냈고 잘 웃지도 않았고 말도 없어졌다. 가끔 웃고 있을 때 그 애들이 내 뒤에 있거나 내 앞을 지나가면 이가 갈릴 정도였고, 표정이 창백해진다고나 할까? 옛날 애들이 나한테 해준 말처럼 변했다.

"정은아 넌 화가 나거나 무표정일 땐 살아 있는 '얼음 동상' 같아. 그러니까 항상 웃어." 라는 말처럼 나는 진짜 얼음 동상이 되어 버렸다 .

중학교 들어와서 어쩌다보니 그 애들과 같은 동아리에 들게 되었다. 그런데 그 동아리 언니가 나와 다른 애들 사이가 좋지 않다는 것을 알게 되었다. 그 뒤 언니가 가끔 너희들끼리 가서 말뚝박기를 하라든가 술래잡기를 하라든가 하며 항상 우리를 붙여 놓았다. 그렇게 놀다 보니 애들과 친해졌다. 그래서 화해를 했다. 난 다시 많이 웃게 되었고 말도 많아졌다 .

그런데 요즘 내 친구 하나가 그런 입장에 처한 것 같다. 난 항상 그 애 곁에 있어 줄 것이다. 나도 당해 봤기 때문에 그 친구가 나처럼 변하지 않았으면 좋겠다. 요즘 애들이 그 친구에 대해 마구 욕을 하고 다닌다. 그 친구 옆에 있는 나도 욕을 먹겠지만 난 그 친구와 같이 있을 것이다ㅋㅋ^-^.

오빠 오는 날

김양희

난 우리 집에서 많은 소외감을 느낀다. 그 중 하나는 우리 오빠 때문이다. 우리 오빠는 북일고등학교 기숙사에서 생활한다. 토요일이 되면 집에 오게 된다. 오빠를 보면 반갑다. 하지만 오빠가 오는 날이면 난 불행해진다. 그 날은 소외감이 시작되는 날이다. 고기를 먹고 있는데 오빠 쪽에다 놓고, 상추를 집으려는데 오빠한테 갖다 주고, 방 청소도 내가 다한다. 오빠는 항상 편안하게 있다. 내가 왜 그러냐고 부모님께 따지면, 니가 뭐 잘한 게 있냐면서 막 화를 낸다. 정말 여자로 태어난 게 후회스럽다. 사춘기인데, 그것을 이해하지 못하나 보다. 매일 먹을 것은 오빠만 주고, 오빠한테 왕처럼 대한다. 그런 오빠가 얄밉다. 아주 아주 많이 얄밉다! 난 내 주먹으로 오빠 뺨을 강타하고 싶지만, 하지만 이는 나의 작은 소망이자 상상이다. 언젠간 오빠를 강타하는 날이 올 것이다! 그런 소외감 이제는 정말 지긋지긋하다!

우찌 이런 일이

박정원

나는 소외감을 느꼈던 적이 별로 없었다. 내가 외동딸이기 때문에 항상 어른들께서 챙겨주신다. 하지만 가끔 가다 내 주변 사람들이 내 존재감을 잊는다는 것이 나에겐 큰 소외감인 것 같다.

초등학교 5학년 추석. 부산 작은할아버지 댁에 갔다. 친척, 사촌, 귀여운 꼬맹이들도 많이 왔다. 그런데 계속 나는 하는 일 없이 시간을 보냈다. 그리고 1시간 후쯤인 오후 6시에 삼촌이 나에게 오셔서 돈 2만 원을 내 손에 쥐어주고,

"공부 열심히 해라."

라는 말씀을 하시고는 삼촌은 볼 일을 보셨다. 나는 이 돈으로 무얼 할까 생각하다 엄마께 가서 내가 잠깐 나갔다 온다고 말을 했는데, 엄마는 내 얘길 들으셨는지 안 들으셨는지. 그래서 난 그냥 나가서 거리를 돌아다니다 'PC방'이라는 간판이 보여, '2시간만 하고 할아버지 댁에 가야지.' 하고, PC방에서 2시간을 하고, 8시 반 쯤 할아버지 댁에 갔는데, '아니, 이럴 수가.'

내가 갔을 땐 식사를 다 하시고, 가족 친지 분들끼리 얘기를 하며 웃고 노는 게 아닌가. 내가 저녁을 먹었는지 안 먹었는지도 모

르고. 엄마는 내가 와도 아무 반응이 없었다. 난 그 때 어린 마음에 엄청 충격을 받았다. 그래서 난 저녁도 굶은 채 잠자리로 가서 그냥 멍~ 하니 누워 있었다.

아무 말도 못 하고, 친지 분들과 이런저런 얘기도 못 하고, 난 해가 밝도록 잠만 잤다.

난 마음속으로, '우찌 이런 일이.' 라는 생각만 반복했다. 그리고 나에게 그 상처는 오래도록 간직될 것 같았다. 그 다음부터 나는 그런 일을 다시 겪지 않기 위해 내가 있다는 표시를 하고 다녔다.

참 소외감이란 마음 속 상처가 깊게 남는 것이다. 그리고 이제부터라도 내가 예전에 처한 처지를 생각해서 다른 사람에게 더 잘해 주어야겠다.

왕따

류명진

소외감에 대해서라. 왕따……. 우리 학교에는 아주 심하게 왕따를 당하는 애가 있다. 우리 은석초등학교 졸업생인 이주희이다. 언제부터 이주희가 왕따가 되었는지는 모르겠지만 이주희를 보면 불쾌감부터 난다. 왜냐하면 이주희는 씻지를 않는다. 비듬도 많고 항상 손톱에 때가 잔뜩 있다. 그래서 나는 이주희를 피한다. 이주희는 발음 또한 이상하다. 정상인보다 이상하게 한다. 혀를 다쳤다고는 하는데 못 알아들을 정도로 이상하기만 하다. 또 이주희 말고 우리 학교에 거의 왕따 수준인 박영휘가 있다. 영휘는 혼자 있을 때가 많다. 박영휘 또한 씻지를 않으며 준비물, 숙제를 매일 안 해 온다. 그래서 왕따니 뭐니 하지만 그것도 지나칠 정도다. 하지만 내가 생각하기에는 '왕따는 나쁘다. 나쁜 짓이다.' 하면서 나도 왕따를 시킨다. 그런데 내가 그 애들을 왕따 시키는 타당한 이유가 있다. 그 애들을 보면 불쾌감이 느껴지는데 어떻게 하란 말인가? 그래서 이런 생각에 잠기기도 한다. 왕따를 당하는 것은 무엇인가 잘못해서 그런 것 아닌가? 지들이 그래 놓고서는 따 시키니 뭐니 하면서 가끔은 열 받기도 한다. 뉴스를 보면 왕따 시키는 사람이 나오고, 왕따 당하는 사람이 자살한다고 한다. 우리 형 친구도 자살했다고 들었다. 왕따를 시키는 사람이나 왕따를 당하는 사람 모두 문제가 있다고 본다. 왕따를 당한 사람은 남에게 피해를 주지 않았는지 생각해 보고, 왕따를 시킨 사람은 입장을 바꿔 생각해 보는 것도 좋다고 생각한다. 이렇게만 실천해 주면 왕따는 사라지지 않을까?

제 4 부

나에게 사랑이

- 첫경험
- 이제는 말할 수 있어요
- 열림 마음 닫힌 마음
- 결혼과 이혼
- 내가 만일 신이라면

삼촌의 죽음

정정은

난 가끔 TV에서만 보던 것을 실제로 경험한다. 그 동안 난 아파트에서 사람이 떨어져 죽은 것을 TV 뉴스에서만 보았다. 그런데 진짜 사람이 죽는 것을 본 것이다.

1학년 때 엄마를 따라 셋째 이모 댁에 갔던 적이 있다. 이모가 비디오를 보자고 해서 엘리베이터를 타고 1층으로 내려왔을 때 갑자기 "철푸덕!" 하는 소리가 났다. 사람들이 아파트 밖으로 모이기 시작했다. 나랑 언니 이모도 뛰어갔다. 사람이 바닥에 누워 있었다. 남자였는데 머리에 피가 나고 있었다. 신발 한 짝은 저 멀리 날아가 있었다. 난 내 눈앞에 사람이 죽어 있다는 것이 신기하면서도 무서웠다. 이 사람이 왜 죽었을까? 하는 궁금증 같은 건 생기지도 않았고 생각하지도 못했다. 너무 무서웠기 때문에 아무 것도 생각나지 않았다. 난 애들이 거미나 지네가 제일 무섭다거나 엄마랑 아빠가 화나면 무섭다는 것은 다 거짓말이라는 것을 알았다. 오직 사람이 내 눈 앞에 죽어 있고 그것을 본 사람만이 느낄 수 있는 이 느낌, 이 느낌이 세상에서 제일 무섭고, 징그럽고 섬뜩하다는 것. 그때는 우리 가족이 아니니까 슬프지는 않았다. 그냥 무서울 뿐. 그런데 내가 3학년 때 벌어진 일은 지금도 생각하고 싶지 않다. 우리 막내 삼촌이 자살을 했다는 것, 삼촌은 우리한테도 돈을 많이 빌려 갔고, 다른 사람한테도 돈을 많이 빌렸다. 그 돈으로 사업을 시작했는데 하는 일마다 다 잘 풀리지 않았다. 일이 잘 풀리지 않아서 빚을 갚을 수가 없었다. 삼촌이 남은 돈으로 빚을 갚고 조금씩 벌어서 갚았다면 지금쯤 잘 살고 있지 않을까?

하지만 삼촌은 어리석은 짓을 하고 말았다. 남은 돈으로 폭탄을 산 것이다. 왜 영화에서 나오는 그런 거 말이다. 핀을 빼고 손을 떼면 터지는. 난 삼촌이 산 폭탄을 실제로 보았다. 삼촌 차에 탄 적이 있는데 차 안 서랍을 열었을 때 폭탄이 있었다. 할머니가 그걸 보고 이런 거 가지고 다니지 말라고 혼을 냈다. 삼촌은 그냥 장식으로 멋있어서 샀다고 했다. 그렇게 산 폭탄을 들고 차 안에서 사망하셨다. 어~ 엉어어어어엉~~.

삼촌은 유명한 사람이 돼서 신문에 나는 것이 꿈이라고 했는데 마지막으로 그 소원을 이루었다. 아주 작지만 신문에 났다. 엄만 그 신문을 오려 가지고 있다. 그때 난 삼촌의 딸 민경이와 언니와 같이 막내 이모 댁에 가 있었다. 새벽 3시쯤 전화가 왔다. 이모가 전화를 받았을 때 엄마가 삼촌이 죽었다고 말했다. 이모는 엄마가 장난치는 줄 알았다고 하셨다. 근데 엄마가 울면서 다시 말했고, 이모는 잠시 말이 없다가 갑자기 소리를 질렀다. 난 너무 무서워서 언니와 민경이를 꼭 안고 있었다.

제삿날 상 위에 있는 삼촌의 사진을 보았다. 삼촌이 나를 쳐다보았다. 난 깜짝 놀라서 엄마한테 달려갔다. 다시 방으로 들어와 사진을 보았다. 삼촌이 나를 쳐다보며 웃었다. 가족들은 다 울고 있었지만 넌 멍하니 사진만 보고 있었다. 근데 난 왜 눈물이 나지 않았을까? 난 그 일이 있고 나서 많이 울지 않았다.

사랑의 첫 경험

박윤식

지금부터 나는 나의 사랑에 대한 첫 경험을 말하려 한다. 나는 9살이 되도록 사랑이란 걸 해 본 적도 그게 뭔지도 모르는 철부지 꼬마로 살았다. 그러다 초등학교 2학년 2학기에 한 여학생이 우리 학교로 전학을 오게 되었다. 그 여학생을 보고 5~7명 정도 아이들이 그 애를 좋아하게 되었다.

그 날 우리는 학교 앞 문구점에 가서 선물을 사들고 그녀에게 고백을 해 보았지만 모두 받아 주지 않았다. 난 그 여학생이 좋아서 사랑 표현을 짓궂은 장난으로 하게 되었다. 그러나 그녀는 나를 싫어하는 것 같지는 않았고, 그래서 우리는 자주 그녀의 집에 놀러가 저녁이 다 되도록 놀다 오곤 하였다. 그녀는 이선영이라는 예쁜 이름을 가지고 있었고, 마음씨 또한 비단결 같이 착하였다.

그러던 그녀가 4학년 어느 학급 회의 시간에 아이들이 말을 듣지 않아 울면서 뛰쳐나갔다. 그때 나는 그녀를 따라가 미안하다고 울지 말라고 했지만, 그날 이후 그녀에 대한 나의 기억이 사라져 가고 있었다. 빼빼로 데이 날이 되자 나는 23번째 고백을 하였고, 23번째로 차이는 슬픔을 겪어야 했다.

5학년이 되면 야영을 가게 된다. 우리는 덕전 야영장으로 가서 2박 3일 동안 놀면서 훈련을 받아야 하는데 비가 와서 야영장 안에만 갇혀 있게 되었다. 그녀와 만나면 좀 어색했고 그럴 때마다 장난을 치고 놀았다.

그렇게 1년이 흘렀고 6학년 졸업반이 되었을 때 선생님으로부터 뜻밖의 말을 전해 듣게 되었다. 그녀가 졸업을 하고 바로 서울로 이사를 간다는 것이었다. 그 말을 듣고부터 나는 슬픔에 빠졌고 졸업식 날 그녀가 졸업식을 마치고 떠나가는 모습을 보고 있으니 웃으며 보내 줄 수가 없었다. 이것이 나의 처음이자 5년 동안의 긴 첫사랑이었다. 다시는 이런 슬픈 사랑을 하고 싶지 않다.

처음 한 도둑질

박소라

초딩 2학년 때, 그러니까 9살 때이다. 그 때 처음으로 도둑질을 했다. 그 때 난 천안에 살았는데, 우리 아파트 주위에 문구점이 있었다. 그 곳에는 내가 무지 가지고 싶은 것들이 많았다. 두 군데서 했는데, 한 군데에서는 다이어리 속지랑, 전화번호 수첩, 초콜릿을 훔쳤는데, 초콜릿을 훔치다 걸렸는데, 그냥 놓고 도망간 적도 있다.

그리고 다른 곳에서는 지우개랑 손 난로였는데, 손 난로는 무사히 잘 했는데, 지우개를 훔칠 때가 문제였다. 슬쩍 주머니에 넣었는데 아줌마가 갑자기 "너 지우개 훔쳤지!" 이러는 것이었다. 당황하며 "무슨 말이세요! 저 도화지 사러 온 거니까 도화지나 주세요!" 라고 하며 위기를 넘겼다. 그 다음부터는 무서워서 도둑질 못 한다.

나에게 사랑이

이지혜

6월 24일, 그날은 정말 나에게 소중하고 잊을 수 없는 날이다. 초등학교 6학년 때 바로 처음 사랑을 하게 된 것이다. 다른 때와는 달리 그 애만 보면 기분이 날아갈 것 같았다. 그래서 나는 그 느낌을 '사랑'이라고 단정지을 수밖에 없었다. 하지만 그건 내 감정일 뿐, 그 아이는 좋아하는 아이가 따로 있었다. 이런 걸 보고 첫사랑은 절대 이뤄지지 않는다고 하는가 보다. 그 애는 정말 멋진 아이였다^-^. 중요한 건 그 애가 나보다 한 살 어리다는 것이다. 공부도 엄청 잘하고, 싸움도 잘하고, 얼굴도 잘생겼고, 솔직히 정말 솔직히 그런 겉모습에 반한 건지도 모른다. 하지만 계속 그 아이를 좋아하다 보니 그 아이의 내면도 보게 되었다. 그래서 어느 날 용기를 내어 고백을 해 보기로 했다. 아이디를 하나 만들어서 좋아한다고 메일을 보낸 것이다. 그렇게 메일을 보내다가 내 정체가 드러났다!

그 애는 누나들 중에는 내가 제일 좋다고 말했다^^. 그리고 만약 나와 사귀게 된다면 자신은 정말 나쁜 놈이 되어 버릴지도 모른다고 했다. 그래서 나는 '아, 이렇게 차이게 되는구나.' 라고 생각했지만 그 애는 내가 싫은 건 아니라며 나에게 용기를 주었다.

몇 달이 지나고 5학년과 6학년 사이에서 큰 싸움이 일어났다. 그래서 6학년과 5학년은 말은 물론 상종조차 안했다! 가깝고도 먼 사이가 되어버린 것이다. 그리고 화해를 하고 더 친해질 사이도 없이 졸업을 하게 되었다. 지금까지 그 애하고 메일을 주고받는 사이지만, 그 이상 그 이하도 아니다.

나에게 지금 멋진 남자 친구가 있으니까 잊어보려 한다! 쉽진 않겠지만 말이다! 아직까지는 자신이 없다. 하지만 시간이 흐르고 흐르면 그 애를 보아도 아무렇지 않을 때가 올 것이다. 그 때를 기다리고 또 기다리며 오늘도 그 애에게 메일을 보낸다.

맹장 수술

김정연

나는 옛날부터 여름 방학이 시작될 즈음에 항상 배탈이 나서 고생하곤 했다. 작년 여름 방학이 시작될 무렵에도 배가 아파서 일주일 동안 학교도 안 나가고 집에 있었는데, 그게 화근이 되어서 처음으로 수술을 하게 되었다. 한 이틀 정도 쉬면 나을 줄 알고 그냥 있었는데, 도저히 나을 기미가 보이지 않아서 병원에 갔더니 맹장염이라며 당장 입원하라는 게 아닌가. 일주일 동안이나 내버려뒀으니 뱃속은 곪을 대로 곪아 있었고, 결국 그날 밤 난생 처음 맹장 수술을 하게 되었다.

수술은 생각했던 것보다 아프지 않았다. 뭐, 전신 마취를 하고 수술을 하니 아픈 걸 느낄 새도 없었지만. 그런데 문제는 수술 후였다. 고름을 빼야 한다나 뭐라나 하면서 배에다가 구멍을 뚫고 호스를 끼워 놓은 것이다. 이게 뽑을 때 얼마나 아픈지 안 해 본 사람은 모른다. 의사 선생님이 손으로 쭈욱~잡아당기는데, 꼭 내장이 뽑혀 나가는 듯한 기분이었다. 호스를 다 뽑고 난 후에 배에 난 구멍으로 뱃속이 보이는지 궁금해서 살짝 들여다보려고 했는데, 거즈로 상처를 덮어 놓아서 자세히 보지 못했다.

그렇게 수술한 지 일주일쯤 지났을 때였다. 갑자기 의사 선생님께서 수술을 한 번 더 해야겠다는 청천벽력 같은 말씀을 하시는 게 아닌가. 게다가 두 번째 수술 후에 보니 또 배에다 구멍을 내고 호스를 꽂아 놓았다. 이걸 뽑을 때 얼마나 아플지 생각하니 눈물이 절로 나왔다. 하지만 다행히도 호스를 뽑기 전에 퇴원했다. 그리고 며칠에 한 번씩 병원에 와서 조금씩 뽑아내니 전보다 훨씬 덜 아팠다. 이렇게 나의 처음이자 마지막인 맹장 수술과 그 치료가 끝났다.

괜히 병원에 안 가고 가만히 있어서 고생만 많이 했다는 생각이 들었고, 이제 맹장 수술을 할 일은 없을 테니 다행이라는 생각이 들기도 한다. 솔직히 말하자면, 가끔씩 학교가 가기 싫을 때(주로 운동회 날이나 학예회 같은 학교 행사 날)에는 맹장 수술을 한 번 더 하고 싶다는 생각이 든다.

선생님! 너무해요

정나영

초등학교 6학년 그 사춘기 때, 나는 5학년 때 담임 선생님을 다시 만났다. 이런 일은 분명 좋은 일인데. 우리 6학년 1반 아이들은 왜 절규했을까? 그 이유는 이 선생님은 내가 만난 선생님 중 두 번째로 심각한 선생님이었기 때문이다. 폭력이라고 할 정도의 선생님의 매. 뭐, 예를 든다면(끔찍하지만) 한 쪽 볼을 잡고 맞은 편 볼을 때린다든지, 주먹으로 얼굴을 때린다든지, 자로 볼을 때린다든지, 그리고 이 선생님은 편애가 심하다. 공부를 못하는 아이가 유리창을 깼을 땐 아주 잡아먹으려고 하고, 공부를 잘 하는 아이가 유리창을 깨니까.

"괜찮아, 나가서 놀아."

이게 선생님이 돼서 할 짓일까?

정말 너무하신 선생님이었다.

중학교에 와서 이런 선생님 같은 분이 없기를 빌었다. 그런데 웬걸? 이런 나의 소망을 교감선생님께서 막아버리셨다. 진짜 너무하신 교감선생님!! 아이들이 복도에서 뛰다 국화꽃을 떨어뜨린 일이 한 번 있었다. 그건 정말 나쁜 짓이다. 힘들게 국화를 키워놓으신 분께는 정말 죄송한 일이다. 하지만 선생님들의 행동도 나쁜 것 같다.

국화를 복도에 왜 놓았는지부터가 나는 의문이다. 차라리 '야외 전시장'이나 '빈 교실'을 만들어 국화로 잔뜩 꾸며 놓으면 보기에도 좋고 이런 일도 없을 텐데. 복도에 국화를 놓는 것에 나는 반대한다. 그렇게 보면 오히려 선생님이 우리에게 미안해 할 일인 것 같은데.

그리고 나머지 선생님들, 나쁘시다. 지금까지의 내가 만난 선생님들 중 최고로!! 선생님들께서 아이들에게 가르치는 것은 과목마다 다 다르지만 한결같이 강조하는 건 딱 하나 '예절'과 '사고'. 그런데 왜 우리가 인사하면 안 받아 주실까?? 복도에서 인사할 때 안 받아 주시면 진짜 무안하다.(국어 선생님께서는 꼭 인사받아 주셔서 너무 감사드려요.)

유○○ 선생님과 김○○ 선생님이 가장 심하시다. 두 선생님 모두 존경한다. 그리고 좋아한다. 하지만 너무하신다. 선생님들께서 진심으로 학생의 마음을 알아주셨으면 한다. 선생님들이 너무하셔도 나는 선생님들을 ♡한다^^.

불만

강병남

나는 우리 학교 선생님들에게 불만이 있다. 몇몇 선생님께는 없지만 그래도 과반수 이상의 선생님께 불만이 있다. 물론 내가 잘못해서 그런 것도 있지만, 그래도 그렇게 혼내면 기분이 나빠서 더욱 말을 안 듣는 경우가 있다. 그리고 사정은 들어보지도 않고 무조건 때릴 때가 나는 제일 기분 나쁘다. 누가 그러는지는 밝히지 않겠고 그런 일은 앞으로 없었으면 좋겠다. 또, 숙제를 너무 많이 내거나 어렵게 내면 나는 시작부터 의욕을 잃는다. 그래서 숙제는 조금씩 냈으면 좋겠다. 그리고 재량 국어 숙제는 주제가 어려우면 아무리 힘들게 써도 공책의 반이 약간 넘거나 반밖에 된다. 그러면 선생님은 싸인은 해주시지만, 검사를 맞기 위해 성의 없이 썼다고 뭐라고 하신다. 나는 더 이상 할 말도 없고 해서 그만 썼는데. 내가 봐도 짧긴 짧다. 그런데 주제가 너무 어려워 이어갈 말이 없는데 나보고 어쩌란 말인가. 국어 선생님께 부탁하겠는데 어려운 주제는 하지 않았으면 한다. 나에게 제일 어려웠던 것이 저번 주 것이었다. '마음을 열었을 때와 닫았을 때'인데 너무 어려웠다. 아무튼 전에는 힘들게라도 썼지만 저번 주 것은 쓰지 못했다. 그래서 복도에서 벌을 받았는데 너무 힘들었다. 평소에 운동을 하지 않아서 더 힘들었다. 그리고 책을 읽을 시간도 없었다. 그래서 나는 혼신의 힘을 다해 내 머릿속의 생각을 모두 끄집어내야겠다는 생각을 했다.

그리고 어떤 선생님은 자기가 늦게 들어왔으면서 빨리 해야겠다고 막 진도를 빨리 나가자고 하신다. 국어 선생님이 죽을 때까지 혼자만 알고 있겠다고 했으니 계속 말하겠다. 특히 무슨 작업. 직접적으로 말하면 제도를 할 때! 선생님이 빨리 와도 다 못할 판에 늦게 와서 뭐라고 그러신다. 그래도 제도는 다 끝냈다. 나는 기술가정이 제일 힘들다. 이유는 선생님이 설명을 하고 그것을 들으면서 어떤 글을 써야 하는데 그게 좀 힘들었다. 요즘에는 그냥 프린트물로 나눠 주시는데 손이 심심해한다. 그래서 자연히 장난을 하게 되고 선생님의 설명은 잘 듣지 못하게 된다. 그래서 나는 기술가정 선생님이 좀 재미있었으면 한다.

우리 국어 선생님은 흠잡을 곳이 없다. 비디오도 보여주시고 수업도 재미있게 진행하신다. 그런데 꼭 트집을 잡자면 담임 과목이 국어인 것. 국어가 좀 지루해서이다. 그래도 선생님 덕분에 국어는 재미있어지는 것 같다.

추억이 된 일들

최다애

이제 말할 수 있는 것이 무엇일까, 또 에피소드는 무엇일까 생각해 보았다. 예전에 나는 엄마 아빠의 진짜 딸일까 고민한 적이 있다. 말하기 조금 창피하지만 예전에 나를 닮은 한 꼬마 아이가 실종되어 찾고 있는 것을 보았다. 그래서 날 주어 오신 게 아닐까, 진짜 내가 찾고 있는 분의 딸이 아닐까라는 생각을 하였다. 고민 끝에 집을 나가려고 했지만 난 우리 가족 없인 못 살 것 같아 생각을 돌렸다. 지금 생각하면 웃기지만 그 땐 정말 심각했다.

전에 내가 어렸을 때 돈을 잃어버린 사건이 있었다. 그 때 돈은 5,000원! 나에게는 거금과도 같은 돈이었다. 지금도 많은 돈이지만. 그 돈을 잃어버렸다고 하면 혼날 거 같아서 아무 말도 하지 않은 적이 있다.

그리고 예전에 장판을 태운 적이 있다. 초등학교 때 풍물을 하였는데 대회 전날 그 옷을 다리다가 다리미가 넘어져 장판을 손가락 너비만큼 태웠다. 새로 깐 장판이어서 엄마한테 무지 혼났다. 그밖에 씨름하다 창문 깨고 훌라후프 돌리다 전등 깨고 얼음 깨먹는다고 가구를 쳐서 찌부러뜨리고 장판 한 번 더 태우는 등 집

안 물건을 셀 수 없이 깨부쉈다. 아무튼 집안에 남아나는 물건이 없었다.

그 동안의 비밀

서선경

이 글을 쓰자니 왠지 마음 한 켠이 후련해진다.

나는 '마인드 비전' 카페에 자주 들어간다. 거기에 얼마 전 글을 하나 썼다. 비밀 상담방이었는데, 내가 쓴 글에 대해 밝히려고 한다.

몇 달 전 나는 비밀 상담방에 내 상황을 알렸다. 왜냐면 중학생인 내게 '엄마의 가출'이란 짐은 너무 버거웠기에, 나 혼자 지기엔 너무 무거웠기에, 내가 신뢰하는 마인드비전 회원들에게 위로와 격려를 받고 싶어서 내 마음을 글로 표현해 올렸다. 닭똥 같은 눈물을 흘리며.

물론 내가 그 글을 썼다는 것을 아는 사람이 하나도 없길 바랬다. 하지만 생각을 바꿨다, 내가 먼저 마음을 열어야겠다고 말이다. 그러자 많은 회원 분들께서 격려해 주시고 위로해 주셨다. 정말 감사했다. 특히 방진희 선생님께서 하신 말 "엄마께 '들어오세요.' 라고 강요하기보다는 '기다릴게요.' 라고 말하는 것이 어떠냐?" 는 말에 정말 감사했다. 그 후로 나는 마인드비전 카페에 자주 들러서 이야기를 나눈다.

그런데 요즘은 인터넷 소설을 좋아하게 되어서 마인드비전 카페에 들어가는 시간이 줄어든 것 같다. 많이 들어가도록 노력하겠다는 것을 운영자님이신 국어 선생님(산들바람)께 약속드린다. 마인드비전 카페는 내 마음의 안식처이다.

그리고 우리 반 인진이에게도 말해 줄 게 있다.

"인진아!! 미안해 사실은 평소에 지낼 때도 쪼끔 XX야 하고 욕한 적 있어. 용서해 줄 거지? 난 현재 너의 좋은 점을 찾아내기에 바빠. 그런데 한 가지 찾아냈어. 넌 친구의 마음을 잘 이해해 주는 것 같아."

거짓말

주슬기

지금까지 난 국어 선생님께 거짓말을 해 왔다. 물론 애들한테도. 나는 전에 '우리 집'이라는 제목으로 글을 쓸 때 아빠가 있다고 했지만 사실 지금 우리 아빠는 엄마와 이혼하시고 안 계신다. 아이들에게는 아빠가 없다는 사실을 얘기할 수 없지만 선생님께는 얘기할 수 있다. 그 이유는 주연이와 선경이도 선생님께 모두 얘기한 것 같으니까.

지금 우리는 엄마와 함께 살고 있다. 엄마는 혼자서 우리를 키우느라 일을 나가서서 정말 바쁘시다. 그런데도 엄마는 우리에게 맛있는 음식을 해 준다고 요리 학원에 다니신다. 저번에 시험에 합격해서 조리사 자격증을 딴 상태~! 아차차 아무튼 엄마는 우리 때문에 시간이 많이 없다.

난 아빠와 엄마가 다시 살기를 원하는 것도 원하지 않는 것도 아니다. 엄마와 아빠가 같이 살면 엄마가 일을 안 하시고 쉴 수 있어서 좋지만 같이 살 때 아빠가 예전처럼 술 드시고 들어와서 막 화를 내서서 엄마가 우시는 건 정말 보기가 힘들다. 그래서 난 빨리 고등학생이 되어 아르바이트해서 엄마를 기쁘게 해드리고 싶다. 될 수 있으면 고등학생이 아니라 그냥 빨리 어른이 되고 싶다. 그러면 엄마를 더 기쁘게 해드릴 수 있을 텐데.

난 아빠가 정말 보고 싶다. 그런데 저번에 엄마께 별로 보고 싶지 않다고 거짓말을 했다. 엄마가 마음 아파하실 것 같았기 때문이다.

그리고 나는 에듀피아(인터넷 공부)를 하는데 거의 매일 안 한다. 안 하는 걸 엄마가 모르시는 것 같지만 매일매일 에듀피아에서 편지가 와서 출석 일을 말해 준다. 나는 매일 그걸 감췄다가 조심스럽게 불에 태워 버렸다. 엄마 죄송해요.

최대의 사기극

성연희

내가 6학년 되었을 때 일이다. 엄마가 집 밖으로 나오라고 해서 나갔다. 저쪽에 엄마 차가 보였다. 반가운 마음에 한걸음에 달려가 앞문을 열었다. 근데 앞에 어떤 아저씨가 타고 있었다. 누구냐고 물어봤더니 엄마가 회사에 같이 다니는 사람이라고 해서 별로 대수롭지 않게 생각했다.

우리는 집 근처에 있는 절에 갔다. 그 절엔 사람이 굉장히 많았다. 우리는 절에 가서 물을 마시고 놀다가 밑에서 파는 도토리묵을 먹었다. 그리고 그 아저씨와 금방 친해진 나는 같이 PC방을 갔다. 그러던 어느 날 어쩌다 보니까 그 아저씨가 내가 사는 동네로 이사를 오게 되었다. 우리는 맨날 냇가에서 놀고 고기도 구워 먹었다. 그래서 언니도 그 아저씨와 순식간에 친해졌다. 그때는 내 마음이 아주 활짝 열렸다. 그때 마음이 열린 이유가 있다. 몇 주 전이었던가?

아빠와 엄마가 크게 싸우셨다. 그리고 엄마가 아빠를 내쫓으셨다. 그 다음 날 엄마, 나, 언니가 함께 거실에 있는데 누가 문을 두드려 깜짝 놀라 살짝 내다보니 그곳에 아빠가 계셨다.

문을 여니 아빠가 큰 망치를 들고 들어오셨다. 그리고 제일 앞에 있는 장식장을 망치로 깨셨다. 유리 조각이 깨져 나왔다. 언니와 나는 무서운 마음에 방으로 숨어들어 갔고, 엄마는 그대로 방에 계셨다. 엄마가 아프셨는데 아빠가 망치를 들고 와서 장식장을 깨고 엄마를 막 때렸다. 그래서 나는 너무 놀라 정신없이 소리를 지르며 엄마에게 물을 막 먹였다. 물을 먹인 이유는 잘 모르겠다. 엄마가 기절한 것 같았다. 눈물이 났다. 무서웠다. 어떻게 해야 할지 모르겠었다. 여기까지 회상 끝.

결국 아빠가 부산으로 출장을 가게 되었다. 그리고 우리는 아저씨네 집에 매일 놀러 다니다가, 나는 학교를 거기서 다니게 되었고 결국 그 아저씨와 같이 살게 되었다. 어차피 아빠는 출장 가서 모르니까.

그 아저씨는 가까운 회사에 취직을 했고 거기서 잘 모르지만 어딘가에 투자를 한다고 엄마 친구인 순자 아줌마에게 설득을 해서 8,000만 원을 투자했다. 엄마도 500만 원 정도를 투자한 것 같았다. 그 아저씨는 외국인과도 통화하고 그랬다. 결국 아저씨는 투자가 잘 됐다며 엄마 방만 200평이 넘는 호화 주택을 짓는다고 했다. 그래서 우리는 무지 기뻤다. 그런데 결국 알고 보니 그 아저씨가 우리를 속여 왔던 것이다. 정말 슬프고 허무하고 허탈하고……. 이 감정을 어떻게 표현해야 할지. 아마도 그 때 내 마음이 꽝 닫힌 것 같다.

마음의 문

박은재

나는 하루에도 몇 십 번씩 수시로 기분이 바뀐다. 그래서 내 마음의 문은 쉴 틈 없이 열렸다 닫혔다를 반복한다.

이렇게 늘 바쁜 내 마음의 문은 여러 가지 이유로 자주 열리지만 그 중 가장 내 마음이 활짝 열렸을 때는 마음이 맞는 사람과 대화를 할 때이다.

나는 한 가지 관심사에 심하게 열중하지만 그 시간은 그리 오래 가지 못한다. 또 내가 관심을 갖는 것이 다른 친구들이 보기에는 조금 낯설어서 내 관심사에 대해 다른 사람과 대화를 해본 적이 거의 없다. 그래도 이런 나를 이해해주고 대화해 주는 사람이 간혹 있는데 나는 이런 사람들과 대화를 할 때 마음이 열리고 더 솔직해진다. 요즘은 새로운 관심사로 J-ROCK에 빠져 있다. 하지만 친구들은 내 핸드폰에 저장된 일본 노래를 보고 나에게 친일파라고 한다. 자신의 관심사에 솔직해지는 것도 죄일까?

나는 내 관심사가 다른 친구들에 비해 조금 특이하다는 생각은 했지만 부끄럽다고 생각한 적은 없다. 그래서 나는 나와 마음이 맞는 사람과 대화를 하는 것이 참 소중하고 값지게 느껴진다. 앞으로도 이런 나를 이해해주고 대화할 수 있는 친구들을 많이 사귀고 싶다.

반대로 내 마음이 닫힐 때는 주변 사람이 싸울 때이다. 나와 어울려 노는 친구들은 사소한 일에 자주 싸우고 금방 화해한다. 하지만 나는 금방 화해할 거라고 알면서도 친구들이 싸울 때마다 걱정되고 초조해진다. 물론 싸우는 당사자만큼은 아니겠지만 싸움을 지켜보고 있는 친구로서 이러지도 저러지도 못하는 현실에 나의 무능함을 절실히 느끼기 때문이다. 또 학교에서뿐만이 아니라 집에서 언니는 아빠와 다투는데 그때마다 나는 마음의 문을 닫고 혼자 있고 싶다는 생각만 하게 된다.

다른 사람 때문에 내 마음이 열리고 닫히는 것처럼, 나도 다른 사람의 마음을 열고 닫게 하였을까? 그렇다면 나는 지금까지 다른 사람에게 어떤 역할을 하였을까? 앞으로 나는 다른 사람의 마음을 열어 주는 그런 사람이 되어야겠다.

젤리와 껌

백서연

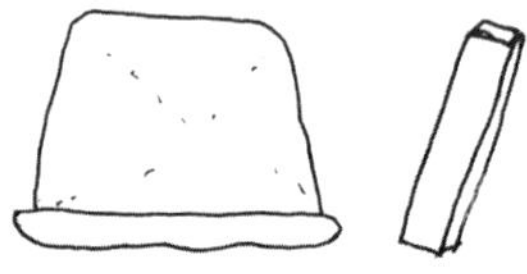

나는 마음이 열렸을 때는 물컹물컹한 젤리라고 할 수 있다. 그 때엔 부드럽기 때문이다. 또 마음이 닫혔을 때를 비유하자면 막 씹던 껌이 식도에 걸려 답답한 느낌(한 번도 걸려 본 적은 없지만-_-;)에 비유할 것이다. 만약 내가 실제로 껌이 식도에 걸렸다면 눈물이 핑 돌고 혼자 캑캑대다 한심하게 죽을지도 모른다. 그리곤 뉴스에 이렇게 날 것이다.

'천안에 사는 백모 양 껌 씹다 식도에 걸려 질식사 – 그 껌의 이름은 ○○.'

전에 뉴스에 나온 적이 있는 5살짜리 꼬마가 미니컵 젤리를 먹다가 질식사한 사건보다 크게 날까? 아 그러나 지금 그게 중요한 게 아니다. 내 마음이 열렸을 때 중 제일 활짝 열렸을 때를 말하자면 꽤 많은 시간의 벽을 거슬러 올라가지 않아도 된다.

때는 중학교 들어와서 얼마 되지 않아 혜지가 들어 왔을 때로 돌아간다. 처음에 혜지가 우리 반에 들어 왔을 때, 내 옆의 뒤에 앉았는데 왠지 불쌍한 토끼 같아서(?) 보살펴 주고 싶달까(?)하는 생각이 들었다. 내 앞가림도 못하는데 내가 누군가를 보살펴 주는 게 가능하기나 한 걸까라는 생각은 그때는 못했다.-_-; 지금도 혜지랑 친한데 혜지를 처음 봤을 때가 가장 마음이 활짝 열린 때였던 것 같다.

그리고 마음이 닫혔을 때는 최근에 언제였더라, 음, 내가 중학교 들어와서 만난 오빠들 중에 친하게 지내던 오빠가 있었는데, 잘 지내던 중에, 그 오빠가 사귀자고 해서 내가 싫다고 한 일이 있다. 난 솔직히 그 오빠가 싫지는 않았는데 그 고백을 받고 나서 갑자기 그 오빠가 역겨워지기 시작했다. 어째서라고 묻는다면 딱히 대답할 말을 찾지 못할 것이다. 아무튼 그 이후로는 눈도 안 마주치고, 어쩌다 마주쳐도 인사도 안 하는 사이가 되어 버렸다. 그때 오빠가 그런 말을 안 했어도 난 아마 그 오빠를 모른 척했을 것이다. 점점 느끼하게만 보이고, 얼굴을 봐도 역겨워지는 중이었기 때문이다. 그것이 그 오빠에게 내 마음의 문을 닫아 버린 계기가 되었다.

이혼

정보람

이혼은 정말 싫다. 왜냐? 자식들이 상처받기 때문이다. 우리 부모님 같은 경우는 오해로 인해 이혼을 하게 되었다. 더 깊이 파고들자면 우리 가족은 아주 행복하게 살고 있었다. 부모님 둘 다 맞벌이였고 부부 사이도 좋았다. 어느 날부터 부모님 사이가 이상해졌다. 그때 내가 어리지만 않았더라면, 내가 이혼이라는 것을 알았더라면 적어도 이혼은 하지 않았을 것이다.

엄마는 일 때문에 항상 늦었다. 아빠보다 엄마가 더 늦게 들어올 때가 많았다. 회식으로 늦게 들어올 때도 있고, 일 때문에 늦게 들어오실 때도 있고. 하지만 의심이란 게 시작된 후 아주 심각한 일이 있었다.

나는 그 기억을 잊지 못한다. 내가 본 거라곤 이것뿐이니.

엄마가 또 늦게 들어왔다. 그런데 아빠가 화가 난 것이다. 아빠 밥상을 엄마가 차려 주셨다. 아빠가 밥상을 뒤집어 버렸다. 물건도 집어던졌고 싸움이 시작됐다. 그 증거로 우리 집 냉장고를 보면 알 수 있다. 우리 집 냉장고를 보면 물건을 던져서 찌그러진 게 표시 나기 때문이다.

또 기억이 가물가물한데 아빠가 엄마 옷을 가위로 다 잘라 버렸다. 이 두 가지는 너무나도 생각을 안 하려고 해도 기억이 난다. 물론 지난일이지만 말이다. 또 오빠는 아빠랑 엄마가 싸우는 것을 밤에 화장실 갈 때 보았다. 오빠도 상처를 많이 받았을 것이다.

우리 부모님은 내가 2학년 때 오빠가 4학년 때 이혼하셨다. 여태까지 우리 부모님이 이혼하신 거에 대해 나와 친한 애들 빼고 안 사람이 없다니 정말 놀라웠다. 이혼은 무서운 것이다. 오빠와 나는 단지 창피할 뿐이지 지금은 괜찮다. 왜냐면 아빠랑 엄마가 몰래 우시는 것을 보았기 때문에 봐도 모른 척했다. 우리들 땜에 우시는 거니까.

그래서 우리도 이해하기로 했다. 나의 마음은 다른 집은 우리 집처럼 안 됐으면 좋겠다는 것이다. 또 이혼은 정말 알 수 없는 것 같다. 정체불명의 외계인과 같다.

연애, 결혼, 이혼, 재혼

유애리

나는 종교가 있다. 난 여호와의 증인이고 하느님을 믿는다. 그렇기 때문에 난 하느님의 말씀인 성서를 보고 올바르게 행하려 노력한다. 어떤 사람들은 성서가 어떻게 하느님의 말씀이냐고, 사람이 쓰지 않았느냐고 할지 모르지만 성서는 확실히 하느님의 말씀이다. 성서는 약 1,600년에 걸쳐 씌어졌다. 필자도 40명이나 된다. 오랜 기간에 걸쳐 씌어졌기 때문에 서로 만나 보지도 못한 필자들이 있었을 것이다. 책에는 주제가 있다. 마찬가지로 성서에도 주제가 있다. 주제는 바로 '하느님의 왕국'이다. 약속된 메시아. 예수 그리스도 말이다. 어떻게 단 한 번도 만나지 못한 필자들이 서로 다른 배경의 사람들이 한 가지 주제를 쓸 수 있었겠는가. 사장이 비서에게 어떤 내용을 말하자 비서가 사장이 말한 것을 옮겨 써서 상대방에게 보낸다면 그것은 비서가 상대방에게 한 말이 아니라 사장이 상대방에게 보낸 것이다. 그처럼 성서도 하느님께서 지상의 사람들에게 영감을 주신 것이다. 그 외에도 여러 가지 증거가 있다.

난 연애에 관해 이렇게 생각한다. 먼저 연애는 어른일 때 그리고 결혼을 전제로 하는 것이 옳다고 생각한다. 성서 고린도 첫째 7:36절을 보면 젊음의 한창 때가 지나고 결혼을 하라고 했다. 너무 어린 나이에 데이트하는 것이 합당하지 못하다는 것이다. 그러므로 성인이 되어서 하는 것이 올바르다고 생각한다.

연애의 다음 단계 결혼.

동거는 좋은 것이 아니라고 생각한다. 서로 더 잘 알자고 하는 것인지 모르겠지만 내 생각에는 그냥 좀 살다가 맘에 안 들면 헤어지자, 이거 아닌가? 결혼은 먼저 서로가 사랑할 때, 그리고 법에 인정되어야 한다. 성서 히브리 13:4절에 보면 결혼을 존중히 여기라고 했다 그러므로 신중하고 올바르게 판단해야 할 것이다. 결혼은 소꿉장난이 아니다.

이혼!

이혼! 이혼!

성서 마태 19:8-9에 보면 음행의 사유 외에 이혼하고 다른 사람과 결혼하는 것은 간음이라고 하였다. 결혼은 사랑했기에 사랑하기에 사랑을 계속할 것이기에 하는 것이다. 그러므로 서로를 자비롭게 대해야 할 것이다. 서로 기분이 나쁘다고 이혼을 하는 것은 올바른 일이 아닌 것이다.

재혼.

재혼은 가능하다. 그러나 위에서 말한 올바른 사유가 아닌 일로 이혼을 한 사람은 제외이다. 재혼도 가능하다고 생각한다.

연애, 결혼, 이혼, 재혼은 함부로 하는 것이 아니다.

자신과 상대방의 삶이기 때문이다. 자녀가 있다면 자녀의 삶이기도 할 것이다.

이혼에 대하여

조주연

이혼은 정말 정말 나쁜 것이라고 생각한다!! 부모들의 이혼 때문에, 아이들이 고아원으로 버려지고 또 아이들의 마음에 큰 상처가 되기 때문이다.

나도 엄마랑 같이 살지 않는다. 우리 엄마는 내가 3학년 때 완전 집을 나가셨다. 물론 그전에도 몇 번 나가셨지만 또 들어오셨는데, 내가 3학년 때는 완전히 나가버리셨다. 그래서 난 4년째 아빠랑 살고 있다. 동생들은 나보다 어린 나이에 엄마를 잃어서 무척 불쌍하다.

정식 이혼은 내가 중1이 되고 얼마 안 돼서 하신 것 같다. 나는 엄마가 3학년 때, 집을 나간 후로도 몇 번 본 적이 있다. 설날이나 추석 같은 때. 하지만 이제 완전 못 본다. 왜냐면 우리 할머니랑 이모들이랑도 완전히 남남이 되어 버렸다. 그래서 추석이나 설, 방학 때에도 할머니네를 못 간다. 전에 엄마를 설날이나, 추석 말고 또 한번 본 적 있다. 언제냐면 내가 5학년 때던가?

암튼 내가 학교 끝나고 버스 정류장으로 걸어가고 있는데 우리 반 어떤 남자애가 "야! 저거 너네 부모님 차야?" 라고 했다. 나는

"어? 아닌데."라고 했다. 그래서 다시 걸어가고 있는데, 내 동생 진아가 거기에 타고 있었다. 그 남자애도 진아를 보고 우리 집 차라고 생각했던 것이다. 나는 가 봤다. 그런데 거기에는 어떤 아저씨가 운전석에 계셨고, 그 옆에 엄마가 계셨다.

진아는 뒤에 타고 있었다. 나는 엄마가 타라고 해서 탔다. 그리고 그 차를 타고 시내로 나갔다. 엄마가 햄버거랑 학용품들을 사준 기억이 난다. 그리고 엄마가 아빠한테 비밀로 하라고 하셨다.

나는 그때 일을 잊을 수가 없다. 그 때 거기서 운전하는 아저씨는 누구고, 왜 아빠한테 비밀로 하라고 했는지 궁금하다. 그리고 요즘에 자주 전화가 오는데, 말을 하지 않고 계속 우는 소리가 들리는 그런 전화가 자주 온다. 그것도 엄마인지 누구인지 정말 궁금하다.

나는 아빠가 참 존경스럽다. 다른 아빠들이라면 다 버리고 혼자 살 텐데, 우리를 끝까지 키워 주셔서 너무 고맙다. 그리고 이 세상에 이혼이라는 게 넘 싫다. 나는 가끔 티비에서 사랑과 전쟁이라는 것을 본다. 거기 보면 부부끼리 싸우고, 다른 여자 남자가 나온다. 그걸 보면 결혼은 정말 미친 사람들이나 하는 것 같다. 나는 결혼하기가 싫다. 싸움이 일어나면 큰 상처 받는 사람들이 너무 많기 때문이다. 나는 좋은 남자가 아닌 이상 결혼을 안 할 것이다. 그리고 이혼이란 게 세상에서 없어져 버렸으면 좋겠다.

내가 만일 신이라면

박정원

내가 만일 신이라면 성적으로 좋은 학교를 보내는 것을 없애고 싶다. 친척들끼리 모이면 다 자녀들의 공부 얘기뿐이다. 그것도 다 성적 때문에 일어나는 얘기라고 본다. 나도 솔직히 걱정된다. 지금 성적으론 정말로 내가 원하는 학교에 갈수 없을 것만 같아서이다.

내가 신이라면 성적순으로 좋은 학교 가는 것을 없애고 자신이 원하는 곳으로 가서 자신이 하고 싶은 공부를 하게 하고 싶다. 공부를 잘 하거나 못 하거나를 떠나서 말이다.

내가 만약 어느 학교에 꼭 들어가고 싶은 동아리가 있다, 그런데 그 학교는 성적이 우수한 사람만 가는 곳이다, 그런데 그 학생은 공부를 못한다, 그래서 그 동아리를 포기해야 한다, 그렇다면 나는 이게 이해가 안 된다. 물론 그 학생이 공부를 안 한 것도 잘못이 있다. 하지만 성적으로 인해 꿈을 포기한다는 것이나 마찬가지인 것을 없애고 싶다. 사람들은 다 저마다 이루고 싶은 꿈이 있다. 중학교 때는 자신의 꿈에 대해 더욱더 생각을 하게 된다. 물론 나도 내 꿈에 대해 생각 하고 있다.

내 꿈은 패션 디자이너이다. 돈도 많이 들고, 능력도 충분해야 한다. 그런데 내가 그 꿈을 이루고 싶은 이유는 내가 행복해지기 위해서다. 성적이 행복을 가로막는 세상을 나는 볼 수가 없다. 그래서 나는 고등학교만큼은 자신의 꿈을 키울 수 있도록 하기 위해 내신을 없앴으면 좋겠다. 내신 때문에 울고 웃는 학생들이 있다. 중학교 일학년인 지금도 내신에 목맨 학생들이 있다.

나는 가끔 가다 성적 때문에 우울해져 있는 애들을 보면 참 안됐다고 생각한다. 내 친척 중 고등학교 3학년인 언니가 있다. 그런데 5년 전만 해도 항상 웃던 언니가 요즘 보면 웃음이 없어졌다. 항상 웃던 사람이 한순간에 그늘져 있다. 처음에는 너무 어색했다. 어디가 아픈 게 아닐까 걱정도 했고 그렇지만 그 언니는 서울 시내 권에서 공부에 이리저리 치여서 그렇게 된 것이었다. 나는 신이 되어서 내신을 없애고, 인생이 성적순이 아님을 떳떳이 알려주고 싶다.

남녀평등

전소현

초등학교 6학년 때부터 지금까지 나는 오빠에게 듣는 말이 있다. "집안 일 좀 해." 라는 말이다. 솔직히 집안일은 남자가 해도 되는데 왜 여자만 해야 한다는 건지 잘 이해가 안 된다. 조선 시대에는 칠거지악이라고 남편이 부인을 쫓아낼 수 있는 일곱 가지 행동이 있었다. 그리고 여성은 교육의 길이 막혀 과거 시험조차 볼 수 없었고, 딸은 부모의 재산을 아들과 동등하게 받지 못했으며 여자는 집에서 거의 못 나갔다. 심지어 시집가기 전에는 아버지를 따라야 했고 시집가서는 남편을 따르고 남편이 죽은 뒤에는 자식을 따라야 했다. 그래서 위에서 말했듯이 집안일은 여성의 몫으로만 여겨졌다.

명절 때는 여자만 일을 한다. 우리 집도 명절 때 대부분 여자만 일을 한다. 남자들은 먹고, TV 보고, 절만 한다. 처음에는 이해가 안 갔다. 삼촌께 일 좀 도와드리라고 하니까 남자는 밖에서 일을 하고 와서 힘드니까 집에 있는 여자들이 해야 한다고 하셨다. 나는 어이가 없어서 "맞벌이 하는 부부들은 둘 다 집안일을 못하겠네?" 라고 하니까, 삼촌이 "아니지, 그래도 여자가 해야지." 라고 했다. 나는 너무 어이가 없어 웃기만 했다.

또 하나의 남녀차별은 우리 학교에서는 그렇지 않는데, 다른 학교에서는 반 번호가 남자는 1번 여자는 21번부터라고 한다. 내 친구들은 맨날 남자 아이들이 앞 번호를 한다고 짜증난다고 한다. 회사에서는 여직원들이 커피를 타야 한다. 지금도 그런지는 잘 모르겠다. 지들이 손이 있는데 왜 굳이 여직원을 시켜 커피를 타 먹는지.

그래서 이런 남녀차별 문제가 일어나지 않도록 나에게 신의 능력이 주어진다면 남녀차별 문제를 없애겠다. 그러기 위해 우선 첫 번째로 여자만 집안일을 해야 한다는 고정 관념을 깨겠다. 두 번째로 남녀평등을 일깨워 줄 수 있는 많은 교육이 보다 활발하게 이루어지도록 하겠다. 세 번째로 불평등한 제도를 바꾸겠다. 마지막으로 국가 정책에 참여하는 남녀 비율이 비슷하도록 하겠다. 비록 신이 아니어서 내가 하기는 힘들겠지만 어른들이 먼저 실천해줬으면 좋겠고, 사람들 입에서 남녀차별이라는 말보단 남녀평등이라는 말이 나왔면 좋겠다.

바뀌어야 할 학교 규정

윤예진

내가 만약 신이라면 나는 학교의 문제점을 개선하고 싶다. 먼저, 요즘 학교의 수업량이 필요 이상으로 많다. 우리 학교만 해도 아침 8시 20분부터 4시 20분까지 수업을 하니까 무려 8시간 이상을 학교에서 보내게 된다. 하루 24시간 중 잠자는 시간이 6시간이라고 하면 우리가 여가 활동을 하면서 자신의 잠재력을 개발하는 시간, 즉 자유 시간은 우리에게 하루 10시간 정도뿐이다. 하지만 그 10시간조차도 학원을 다니는 데 거의 대부분이 쓰여진다.

또한 사교육비 절감과 학생들의 자질 개발을 위해 실시된 방과 후 학교 제도는 수업 시간만 늘릴 뿐, 별다른 효과를 보지 못하고 있다고 한다. 방과 후 학교는 수업 시간의 양만 더 늘어날 뿐, 학원가는 시간만 늦추게 되어 학생들은 더 힘들어지게 된다. 들은 바로는 방과 후 학교 실시 후 사교육비가 더 늘고 있다고 한다. 또한 우리 학교는 학생들의 잠재력 개발을 위해서 방과 후 학교를 실시하고 있는데, 신청한 방과 후 학교 과목이 없어지거나, 인원이 꽉 차버려서 교과 보충을 하는 애들이 많은데, 교과 보충은 말 그대로 국어, 수학, 사회, 과학, 영어 등 교과목을 보충하는 것이다. 잠재력을 개발하는 것인데, 공부는 하루 보통 10시간 정도 하니깐 잠재력 개발은 핑계로 들릴 뿐이다.

학교가 이렇다 보니 수업 진도가 매우 빠를 수밖에 없다. 필리핀에 살고 있는 아는 동생 말에 의하면, 여기서 중1이 배우는 집합을 그곳에서는 대학교 1학년이 배운다고 한다. 물론 필리핀이 우리보다 후진국이라 그렇다고 할 수 있지만, 우리보다 잘 사는 미국, 영국 같은 나라들도 공부를 막 시키기보다는 그 학생의 잠재력을 최대한 개발할 수 있도록 수업 진행을 한다고 한다.

제일 심각한 문제는 곳곳에서 공공연하게 일어나고 있는 학생 폭행 문제이다. 수업 시간에 조금 떠들었다고 많은 친구들 앞에서 뺨을 때리거나, 확실한 증거 없이 우선 때리고 나서 오해인 것이 밝혀지자 미안해 하는 경우도 많다. 심지어는 성희롱, 성폭행 등의 일들도 공공연하게 일어나고 있으니 이게 학생들의 모범이 되어야 할 교사들의 행동인지 이해가 되지 않는다. 치마 입은 여학생에게 엎드려뻗쳐를 시키거나, 체육 시간에 가르친답시고 어깨에 손을 올리거나 허리를 감싸기도 한다. 정말 여자 입장에서는 끔찍한 일이다. 정말 말을 듣지 않았을 때는 체벌을 가할 수도 있지만 뺨을 때리거나 성희롱은 비인간적이라고 생각한다.

또한 '학생은 학생답게' 라고 하면서 우리의 머리 길이나 액세서리 등을 정해 놓는다. 하지만 머리가 길다고 공부를 못하는 것도 아니다. 귀걸이를 한다고 다 나쁜 아이도 아니다. 그런데 꼭 그런

제도가 있어야 하는지 모르겠다. 만약 그렇다고 해도 선생님들께서 모범을 보여야 하시지 않을까? 선생님들은 귀걸이, 목걸이, 팔찌 등등 불필요한 액세서리를 많이 하고 다니신다. 머리를 길게 기르고 염색, 파마, 진한 화장을 하는데, 학생들에게 영향을 주지 않을까? 어른은 아이들의 거울이라는 말도 있는데 말이다. 학생이 학생답게라면 선생님은 선생님답게 하셔야 하지 않을까?

결론적으로 내가 만약 신이라면 이런 학교의 규정들을 바꾸고 싶다. 물론 좋은 점은 보완하고, 나쁜 점은 개선해서 우리나라의 교육 문화를 더 좋아지게 하고 싶다.

제 5부

아리랑 고개 (자서전 쓰기)

• 자영이의 아리랑 고개

• 나의 성장기

자영이의 아리랑 고개

신자영

이제부터 지금까지 내가 살아온 이야기를 써 보겠다.

나는 엄마랑 아빠랑 어떻게 만나게 되었는지 잘 모르고, 내가 어떻게 태어났는지도 잘 모른다. 나중에 커서 들은 얘기로는 엄마랑 아빠랑 결혼하기 전에 엄마는 이미 이혼을 한 상태에서, 아이가 둘이나 딸려 있었다고 한다. 그리고 아빠는 총각이었는데 엄마하고 결혼을 하여서 나를 낳았다고 한다.

결혼한 후 아빠와 엄마는 수원에서 살았다고 한다. 아빠는 회사에 다니고 엄마는 집에서 살림을 했다고 한다. 그러던 중 아빠가 무면허로 구속이 되었다. 아빠가 집에 없자 엄마는 딸들을 집에 남겨 둔 채 그대로 집을 나갔다. 그래서 우리 집에는 아빠가 안 계시고 나와 새로 태어난 내 동생과 그리고 엄마가 결혼할 때 데리고 온 두 딸이 있었다. 그런데 큰 고모가 와서 나와 내 동생을 전라북도 익산시 용안에 있는 외할머니 댁으로 데려다 주었다.

막내 동생은 태어나자마자 작은아버지 댁에 양자로 갔다. 그 후 막내 동생은 작은아버지 댁에서 자라며 지금도 거기에 있다. 나는 가끔 막내 동생을 보러 방학 때 작은아버지 댁에 놀러가는데, 그 곳에서 동생을 보면 동생이 내 친동생이라는 걸 말하고 싶어진다.

나는 어려서 엄마가 집을 나간 충격에 말을 하지 않았다. 배고프면 그냥 참았다. 왜 그랬지는 자세히 모른다. 아빠가 교도소에서 나온 후 나는 아빠와 둘이 전에 살던 집에서 살았다. 아빠는 교도소에서 나온 후 회사일을 그만두고 그냥 무직으로 지냈다.

엄마는 내가 어려서 집을 나간 후 지금까지 한번도 나한테 연락한 적이 없다. 할아버지한테는 가끔 연락이 온다고 하고, 큰 고모에게는 연락도 오고, 어디에 사는지도 알고 계신다고 한다. 그런데 내가 엄마를 만나지 않는 것은 엄마를 만날 필요가 없다고 생각했기 때문이다. 엄마는 우리를 포기하고 나갔으니깐 나도 엄마를 볼 필요가 없다.

5살 때부터 나는 아빠와 같이 살았다. 아빠와 같이 살면서 익산 용안에 있는 어린이집에 다녔다. 어린이집에서는 친구들과 놀다가 다친 적이 많았는데 그 중에서도 한 여자아이와 뺑뺑이를 타다 넘어졌는데, 그로 인해 심한 부상을 당했다. 나는 그 후 다시는 뺑뺑이를 타지 않았다.

그렇게 살다가 6살 때 새엄마가 들어오셨다. 새엄마는 아빠와 살기 전에 다른 아저씨와 결혼하여 살다가 나와서 아빠와 결혼하지 않고 같이 살게 되었다. 새엄마는 애기가 없었다. 체형은 뚱뚱하고 쌍꺼풀이 없고, 입술이 약간 앞으로 나왔다. 새엄마는 처음에 나한테 잘해줬다. 새엄마는 맛있는 것도 많이 해 주고 장난감이나 인형 같은 것들도 많이 사 주었다.

2000년에 새엄마가 동생을 낳았다. 동생은 남자 아이다. 동생이 두살 때 밀도 하고 걸음마를 할 때쯤 새엄마가 나를 차별하기 시작했다. 그 전에는 욕을 안 했는데, 말끝마다 욕을 하고, 때릴 때는 손에 잡히는 대로 아무 걸로나 때렸다. 새엄마는 나에게 화풀이도 하고 조금이라도 잘못하면 때렸다.

여섯 살 때 우리 가족은 목천으로 이사왔다. 목천에서 목천 병설 유치원에 다녔다. 그리고 졸업을 해서 목천초등학교에 다녔다. 학교에서 재미있었던 일은 소풍 가서 놀이기구를 탔던 일이다. 학교 다니는 동안 새엄마는 나를 계속 때리고 욕을 하였다. 그래서 나의 마음을 아프게 했다.

그 후 초등학교 3학년 때 처음으로 가출을 하였다. 박 모양이라는 아이와 같이 가출을 하였는데, 박 모양은 목천초등학교 3학년 1반 친구였다. 박 모양은 집이 목천읍 보라아파트 였고, 나는 운전리 초원아파트였다. 집이 서로 멀었다. 박 모양은 집안은 보통 가정인데, 박 모양 엄마는 친딸인데도 밥해 놔라, 빨래해라, 청소해라 등등 일만 시켰다. 나는 박 모양과 가출하여 둘이서 집 근처를 돌아다녔다. 그리고 박 모양네 집에 가서 놀기도 하고, 음식도 만들어 먹었다. 학교를 결석하여 선생님께 혼났다. 그런 식으로 엄청 많이 가출을 하였다.

이렇게 내가 가출을 많이 하자 아빠는 나를 정신 좀 차리고 공부도 시킬 겸 익산에 있는 할아버지 댁으로 보냈다. 할아버지 댁에서는 마음잡고 학교에 잘 다녔다. 그러다 다시 6학년 때 목천으로 와 새엄마와 같이 살았다.

가출을 해서 기억에 남는 일은, 6학년 때 PC방에서 붙잡힌 일이다. 박 모양과 김 모군, 박 모군, 나 이렇게 넷이서 가출을 했는데 박 모양 때문에 우리 아빠에게 걸렸다. 그날 나는 아빠한테 맞았는데 얼마나 맞았는지 기억도 나지 않는다. 초등학교 때 기억 나는 건 가출, 선생님한테 혼난 것, 아빠 엄마한테 맞은 일밖에 없다.

가출을 하다 붙잡혀 들어가면 새엄마는 식모살이 시키다시피 했다. 밥 짓기, 빨래하기, 설거지, 방 청소 그리고 밭에서 밭일도 시켰는데 밭일은 콩 심고, 풀 뽑고 그런 일이었다. 나는 초등학교 때 가출을 대략 60번 정도는 한 것 같다.

2006년 나는 목천중학교에 입학했다. 중학교에 입학했을 때는 모든 게 낯설었다. 그러다 신 모양과 친해졌다. 그런데 갑자기 유 모양 친구들이 와서 신 모양과 친해져 버려서, 나는 외톨이가 되었다. 신 모양과 친했을 땐 학교도 잘 다니고 모든 게 즐거웠는데, 박 모양과 다닐 때는 땡땡이도 치고 2학년 오빠들을 따라 놀러가기도 하고 찜질방에서 놀기도 했다. 그래서 자연스럽게 담배도 피우게 되고 술도 맛보게 되었다.

이렇게 해서 나는 학교를 자주 빠지게 되고(선생님 말씀으로는 앞으로 학교에 더 빠지게 되면 2학년에 못 올라 간다고 하였다.) 아이들 물건도 훔치고, 교실에서도 따돌림을 당하게 되었다. 훔친 물건은 돈이고(제일 많은 게 만 원이다.) 지금까지 한 여섯 번 훔쳤다.

중학교에 다니면서 제일 힘들었던 건 따돌림이었다. 지금 생각하면 아이들이 나를 따돌린 게 당연하다고 생각한다.

이렇게 학교에 적응을 하지 못하고 방황하던 중 올해 7월 시내에 나가서 애들이랑 놀다가 집에 오는 길에 버스 안에 붙어 있는 '청소년 보호 센터'라는 광고를 보게 되었다. 그 광고에는 가출 청소년, 취업 상담, 무료 숙박이라고 써 있었다. 그래서 나는 PC방에서 인터넷으로 그곳을 찾아보았는데 가는 길이 복잡했다. 그래서 전화를 했는데 성정동 가구 거리 라자가구 2층이라고 했다. 그렇게 해서 성정동에 있는 대안학교라는 곳에 가게 되었다. 그곳에 가서 상담을 하였더니 내 이야기를 듣고 교육을 받으라고 하였다. 그래서 아빠에게 연락하여 허락을 받고, 담임 선생님께도 연락을 했다. 청소년 보호 센터에는 중고생이 16명이 있었다. 하루 일과는 정각 7시에 일어나서 이불 개고, 씻고, 밥 먹고, 사복으로 옷 갈아입고 그리고 대안학교에 갔다.

대안학교는 청소년 보호센터 안에 있는 학교인데, 대안학교에서는 보통학교처럼 수업을 하고, 대안교실에서는 교육(금연, 성교육)을 받았다. 나는 대안교실에서 온양중 3학년 남자 오빠, 금산이 집인 고3 오빠와 같이 있었다.

교육을 받다가 시간이 나면 수영장이나 볼링장에 갔다. 다른 오빠들이 나를 잘 챙겨주고 마음도 잘맞아 집보다 더 편했다. 거기에서 일주일 정도 있는데 엄마가 억지로 집으로 데려 갔다.

그리고 여름 방학이 되었다. 나는 여름 방학 내내 집에만 갇혀 있었다. 현관문조차 나서지 못했다. 새엄마가 내가 밖에 나갈까 봐 감시했기 때문이다. 그런 어느 날 아빠가 무면허 운전으로 걸려서 구속이 되었다. 아빠는 KAC라는 회사에 다녔는데, 운전을 해야 회사에 다닐수 있어서 무면허로 다니다 걸린 것이다.

나는 2학기 개학이 돼서야 처음으로 집 밖으로 나올 수 있었다. 2학기부터는 학교에 잘 나왔다. 아빠가 대전 교도소에 구속되고 나는 엄마와 거의 말을 안 하고 지냈다.

그렇게 지내던 어느 날 9월 20일 쯤에 나는 우리 학교 국어 선생님과 처음 상담을 했고, 매일 아침 상담하면서 '자영이의 아리랑 고개' 라는 이 글을 쓰게 되었다. 이 글을 쓰면서 나는 지금까지 내가 살아온 시간을 되돌아 볼 수 있었다. 아빠는 두 달쯤 교도소에 있다가 얼마 전에 풀려 나셨다. 아빠가 집에 계시니 좋았다. 친구들도 내가 학교에 잘 나오자 박 모양 뿐만 아니라 다른 아이들과도 친해지고 담임 선생님께서도 내가 학교 생활 잘 한다고 칭찬하셨다.

이제 학교도 잘 다니고 친구들도 많이 사귀어서 학교생활을 잘

할 것이다. 그 동안 담임 선생님과 국어 선생님께 고맙습니다.

나의 성장기

정지영

내 고향은 수원이다. 엄마는 결혼하기 전 강원도 양양 근처에 살았다고 한다. 엄마와 아빠가 처음 만났을 때의 일은 이렇다. 엄마가 온양으로 내려와 친구 집에 있었는데 할머니가 엄마를 보시고는 신붓감으로 찍어 놓았다고 한다. 그땐 엄마가 결혼할 생각을 못하였는데……. 아빠가 결혼 안 하면 죽는다고 하면서 매달렸다고 한다. 엄마가 강릉으로 올라가려던 날, 아빠는 엄마를 보내면 다시는 못 만날 것 같으셨는지 엄마의 옷 가방을 붙들고 결혼해 달라고 매달렸고, 그런 아빠를 엄마는 뿌리치지 못하였다. 그 정도로 아빠는 엄마를 사랑했다. 다른 부부들과는 달리 엄마는 프로포즈를 그렇게 받았고 엄마와 아빠는 결혼을 하게 되었다.

하루하루 깨가 쏟아지도록 엄마와 아빠는 행복했다. 아빠는 엄마를 무척 끔찍이 여겼고, 그런 엄마는 더할 나위 없이 행복했다.

그러던 어느 날 또 하나의 행복이 엄마, 아빠에게 찾아왔다. 그것은 엄마, 아빠의 끝없는 사랑으로 새 생명이 생긴 것이다. 아빠는 엄마를 더 귀중히 여기고 사랑해 주었다. 엄마는 그러면 그럴수록 더 즐겁고 웃음이 그칠 날이 없었다. 어느덧 엄마의 배는 남

산만 해졌다. 혹 잘못되랴 허리에 손을 얹고 조심조심 걸어가는 모습을 상상한다. 아빠는 곧 태어날 나를 위해 맛있는 것을 사오시고, 엄마는 맛있게 드시고, 나도 뱃속에서 맛있게 먹었다.

엄마는 나를 가졌을 때 고기를 전혀 입에 대지 못했다고 한다. 외할머니댁이 주문진이었는데 꽃게를 먹으면 입덧을 하지 않았다는 것이다. 그런 엄마는 다른 걸 드시질 못하고 매일 꽃게만 큰 통으로 드셨다고 한다. 지금은 질려서 별로 드시질 않으신다.

드디어 내가 또 다른 세상의 빛을 보는 날이 왔다. 나는 할머니 같이 쭈글쭈글한 모습에 다리는 휘청휘청하면서 세상의 빛을 본 것이다. 이제 식구가 하나 늘어 우리 가족은 충남 아산에 있는 친할머니 댁으로 들어와 살게 되었다.

내가 들은 바로는 엄마가 시집살이를 심하게 했다고 한다. 음, 시집살이라고 하기보다는 좀 고생을 많이 했다고 하는 게 좋을 것 같다. 누구나 인생을 살아오면서 사람들은 고생을 했다고 생각할 텐데, 그렇지만 고생한 것이 다 똑같지는 않을 것이다. 어떤 사람은 뭐 그런 것 가지고 고생이냐고 하겠지만, 그러나 고생한 사람이 아니면 고생한 것을 모른다.

할머니는 애들 아홉을 거뜬히 쑴풍쑴풍 잘 낳고, 시집살이에 농사일 하면서도 몸조리도 않고, 그렇게 일했어도 아무 일 없었다고 한다. 요즘 할머니들은 엄마들에게 너는 왜 그러냐고 흔히 말씀하신다. 그러나 시대가 시대이니만큼 옛날과 지금이 많이 달라졌다는 것을 할머니들은 모른다.

요즘 어머니들은 자식이 많아도 걱정이라고 말씀하신다. 교육비와, 늙으면 다 소용없다는 말을 자주 하신다. 나도 그런 어른들의 말씀을 이해할 수 있다. 뭐든지 신세대라고 해서 다 나쁜 것은 아니다. 젊은 사람들도 부모를 공경하며 다른 사람들과 달리 효도하고 사는 사람들이 많이 있다. 세상엔 나쁜 사람도 있듯이 착하고 좋은 사람도 있게 마련이기 때문이다.

우리 할머니도 똑같으실 것이다. 하지만 엄마는 나를 낳고서 몸조리도 못하고 우유 값 한 푼이라도 더 벌어야 하겠다는 생각에 일을 구하러 다녔다. 그러나 그땐 겨울이라 일도 구하기 어려웠다. 그땐 내가 어렸기 때문에 엄마는 집에서 할 수 있는 일을 찾아야만 했다. 그런데 하느님이 도우셨는지 엄마에게 취미로 할 수 있는 일거리가 생겼다. 그건 인형에 눈 붙이는 일이었다.

어느 날, 엄마가 일거리를 가지고 집에 오는 길에 눈이 너무 많이 와서 걸을 수가 없을 정도로 눈이 많이 쌓였다. 바람까지 심하게 불어 먼저 살고 보자는 생각에 엄마는 이고 있던 인형을 버리고, 인형을 담았던 대하(다라이)로 바람을 겨우 막았다고 한다. 엄마는 그때 '여기서 내가 이렇게 죽는구나.' 했다고 한다.

어느새 바람은 멈추고 엄마는 버린 인형을 주워 담아 머리에 이고 지친 몸을 이끌고 집으로 왔다. 엄마 말에 의하면 할머니는 빨래가 산더미처럼 쌓였는데도 늦게 온 엄마에게 화만 냈다고 한다.

그때는 삼촌이 고3이었는데 엄마는 새벽에 일어나 삼촌과 고모들의 도시락을 다 싸 주고 가계부까지 써야 했다. 그리고 틈틈이 일기도 쓰셨다고 한다.

엄마는 내가 어렸을 때 보험 회사에 다니셨다고 한다. 그래서 난 늘 혼자 놀아야 했다. 이 때는 할머니와 할아버지가 나를 무척 귀여워하셨다고 한다. 특히 할아버지가 제일 예뻐해 주셨고, 고모들도 날 예뻐해 주셨다. 그런데 엄마, 아빠는 돈을 벌기 위해 이내라는 데로 이사 가게 되었다.

엄마는 부족한 형편 때문에 조그만 일부터 하게 되었다. 엄마는 집에서 그리 멀지 않은 하우스에서 컵에 스티커 붙이는 일을 하셨고, 아빠는 잘 모르겠지만 아마도 벽돌 공장에 다니셨던 것 같다. 어린 나는 엄마 등에 업혀서 엄마 일하는 데 따라 갔고, 사는 데 바빴기 때문에 엄마 아빠는 날 신경 쓰지 못하셨나 보다. 어릴 때 나는 변변한 장난감도 없어 엄마가 직접 만들어 주셨고, 다른 애들처럼 유모차도 못 타고 세발자전거도 못 타며 커 왔다. 엄마는 다른 애들처럼 못해 준 것이 지금도 가슴 아프시다고 한다. 친척 애들을 보면 '우리 지영이는 저런 거 없이 컸는데.' 라고 말씀하시곤 한다.

내가 유아원에 다닐 때, 우리 가족은 조그만 가게를 하나 할 정도의 여윳돈이 생겼다. 엄마는 그 가게에서 떡볶이 장사를 하셨다. 아빤 그때 집에 계신 걸로 기억한다. 우리 가게엔 조그만 다락

방이 있었는데 가게를 해서 그런지 이웃들과 쉽게 친해졌다. 다행히 애들이 많이 다니는 곳이라 자리가 모자를 정도로 장사가 잘되어 다락방까지 가게로 쓰게 되었다. 가까운 곳은 내가 배달도 해서 나는 주위 사람들한테 칭찬도 많이 들었다.

엄마는 인심이 좋기로 소문이 났다. 살기 어려운 데도 내가 유아원에 다니게 되자 엄마는 다른 애들한테 내가 기죽지 않게 하시려고 옷과 가방, 신발, 머리 뭐든지 깔끔하게 해 주셨다.

어느 날 저녁 엄마와 아빠 나 우리 가족이 저녁을 먹고 있는데, 무슨 문제인지 엄마와 아빠가 싸우게 되었다. 아빠가 유리 그릇을 던졌는데 내가 맞을 뻔했지만 엄마가 막아 주셨다. 그런데 깨진 유리 그릇이 엄마 뒤꿈치를 스쳐 피가 났다. 아빠는 눈에 띄는 것이라면 다 집어던졌고, 그래서 동네 사람들이 모두 우리 가게로 모여들었다. 다행히 아는 집이 있어서 엄마와 나는 거기로 가서 새벽이 될 무렵에 집으로 돌아 왔다. 아빠는 주무시고 계셨다. 엄마와 나는 숨을 멈추고 아빠 옆으로 다가가 조심조심 이불을 펴고 잠이 들었다.

그 후에도 엄마는 아무 일도 없는 듯 장사를 하셨고, 여느 때와 다를 것 없이 손님들이 많이 왔다. 무더운 여름에도 엄마는 뜨거운 불 앞에서 튀김과 떡볶이를 만드셨다.

그러면서 우리 가족은 안골이라는 동네로 이사를 갔다. 그 근처에 이모가 살았고, 거기서도 나는 유치원에 다녔다. 유치원 갔다 오는 길에 이모 집에 들러 놀다오곤 했다. 겨울이 되면 눈이 많이 쌓인다. 그럼 어느 새 동네 아이들이 모두 나와 눈싸움과 눈사람 만들기에 정신이 없다. 엄마는 나를 위해 따뜻한 밥과 포근한 이불로 방을 따뜻하게 해 주셨다. 난 그렇게 유치원을 마치고 초등학교 1학년이 되었다.

1학년은 주문진에 사시는 외할머니 댁에서 다니게 되었다. 외할머니는 생선 장사를 하셨는데 흔히 길거리에 보면 가게 앞에서 대하(다라이)에다 생선을 담아놓고 파는 할머니와 아주머니들이 계시지만, 우리 외할머니께서는 수산 시장이라는 큰 곳에서 장사를 하셨다. 수산 시장은 싱싱한 생선들만 파는 곳이다. 물론 자릿세도 내고 식당도 같이 할 수 있는 곳이다. 외할머니는 엄마가 어릴 적부터 생선 장사를 해 오셨다. 외할아버지는 오래 전에 술을 너무 많이 드셔서 돌아가셨는데, 할아버지가 돌아가시기 전에는 할아버지가 아프신 것도 모르고, 나는 할아버지에게 고무줄을 잡게 하고 한쪽은 의자에 묶어 놓고 고무줄 놀이를 하기도 했다. 그러던 어느 날 할아버지가 아프다고 하셔서 집에 있는 약을 갖고 와서 할아버지께 드렸다. 저녁때가 되어 할머니와 엄마는 음식을 만들고 나는 할아버지께 진지 드시라고 말씀드렸다. 그런데 할아버지는 아무 말이 없으셨다. 오랫동안 투병 중이시던 할아버지가 그렇게 돌아가시고 화목했던 우리 집에는 슬픔이 닥쳐왔다.

며칠이 지나 엄마와 할머니는 돈 벌러 나갔고, 엄마는 거기서도 분식집을 하셨다. 그땐 아빠를 본 적이 없다. 이내에 있을 때도 아빠를 본 적이 별로 없었다.

이내에 있을 때 친할머니께서 가게에 오셨는데, 아무 것도 들고 오지 않으셨다. 그래도 엄마는 당연하다고 생각하고 할머니 할아버지께 그 몇 푼 안 되는 돈을 꼭 쥐어드렸다. 없는 살림에도 엄마는 불평 한 마디 하지 않고 16년 간을 그렇게 살아오신 것이다.

초등학교 4학년까지 나는 그렇게 학교를 다니다 아산으로 이사와 온양에 있는 중앙초등학교로 전학을 갔다. 그곳에서 친구들과의 사이는 너무너무 좋았다. 덕분에 재미있게 학교 생활을 했다. 거기에 엄마가 정육점을 하셨다. 우리 할머니 댁에서 아빠가 돼지를 키워서 장사를 했는데 한동안 장사도 제법 잘 되었다.

그런 어느 날, 정육점을 하다 보니 엄마가 기계에 다치는 일이 계속해서 일어났다. 그래서 엄마 몸에는 상처만 있다. 아빠는 가끔 돼지를 잡아 줄 뿐 나머지는 엄마의 몫이었다. 장사를 하다 보니 사람과 부딪치는 일이 많았다. 그러다 보니 엄마의 신경질이 날로 늘었다. 엄마와 아빠의 말다툼이 더 심해지고 잠깐의 행복이 불행으로 밀려왔다. 그래서 초등학교 6학년 땐가 중학교 땐가 엄마는 정육점을 그만두고 식당을 했다.

엄마는 음식 솜씨가 좋아서, 주위 분들이 엄마 음식 솜씨가 좋다는 말을 빼놓지 않고 하셨다. 원래 가게 이름을 지영이네 식당이라고 하려고 했는데, 엄마 성격이 갈대나 옛날에 썼던 물건들을 더 좋아했다. 그래서 식당 이름을 갈잎 식당이라고 한 것이다. 음식 하나도 꼼꼼하게 하고 그래서 우리 가족에게는 다시 화목한 가정이 찾아왔다.

학교 생활은 친구들 때문에 그렇게 편하진 않았다. 학교에는 돈도 뺏고 애들을 못살게 괴롭히는 아이들이 있었다. 하지만 나에겐 종미라는 친한 친구가 있었기에 덜 힘들었다.

초등학교를 마치고 삼화여중에 들어갔다. 1학년을 다니던 중 아빠와 엄마에겐 이혼을 결정을 해야만 하는 일이 다가왔다. 나는 정말 이게 꿈이었으면 좋겠다는 생각이 들었다. 왜 나에게 이런 일이 생기는지. 결국 엄마와 아빠는 이혼을 해야만 했고, 난 누구와 살지 결정해야 했다. 엄마와 아빠는 나에게 누구와 살건 지 결정하라고 했지만 난 아무것도 택하지 않았다. 이렇게 될 바엔 차라리 나 혼자 사는 게 낫겠다고 생각했다. 왜냐하면 따돌림받는 것이 두려웠기 때문이다. 하지만 내 생각과는 달리 난 엄마와 살게 되었다. 아빠는 엄마와 나 사이를 갈라놓으려고 전화를 하며 욕을 했다. 만약 엄마와 산다면 둘다 죽여 버리겠다고 했고, 엄마와 나는 아빠의 성질을 잘 알기 때문에 머뭇거렸다. 그래서 나는 결심을 했다. 아빠와 살기로. 그때까지는 착한 딸, 착한 학생, 흠 보일 게 없는 효녀였다.

엄마는 나를 아빠에게 보내지 않으려고 타이르고 얘기도 했지만 나는 아빠에게 가기로 결심을 했다. 엄마는 울면서 내 짐을 챙졌고 할머니와 나는 한참 동안 부둥켜안고 울었다. 그런데 그때 아빠한테 또 전화가 왔다. 그냥 엄마하고 있으라는 것이다. 그 말을 듣고 황당하기도 하고 어이없기도 하고, 가만히 생각해 보니 아빠는 날 키울 능력이 없다는 걸 알았던 것 같다. 돈을 벌기 힘드니 엄마하고 살라고 했던 것 같다.

엄마와 나는 안심했다. 엄마는 나한테 아빠와 언제든지 연락해도 좋고, 만나도 좋다고 하였다. 내 생각에는 왜 엄마가 나한테 이런 말을 하는지 이해가 안 갔다. 나는 딸이 아빠를 만나는 것은 누구의 허락 없이도 만날 수 있다고 생각했다. 엄마와 아빠가 이혼을 했다 해도, 엄마와 아빠는 남남이지만, 나는 그 사이에서 태어난 핏줄인데, 날 이 세상을 보게 해 준 아빠 엄마인데, 왜 만나라 만나지 마라 하는 허락을 받아야 하는지 이해가 되지 않았다.

나는 다시 온양에서 주문진으로 전학을 갔다. 친구들도 그렇게 나빠 보이지 않았다. 전학 가서 얼마 안 되었을 때 한 아이가 나에게 다가와 말을 걸었다. 난 기분이 좋았다. 전학 와서 얘기할 사람이 없어 당황했었는데 그 아이가 말을 걸어 온 것이다. 그 아이는 착한 아이였다. 그래서 우리는 금방 친해졌다.

그런데 그 학교에 요즘 말로 날라리라고 하는 애들이 있었는데, 같은 학년에서도 알아주는 경진이라는 애들이었다. 나는 거기에 같이 있던 경미라는 아이와 짝이 되었는데 처음에는 그냥 학용품을 빌려 주다가 점점 그 애들과 어울리게 되었다. 나는 그 애들한테 착하고 순하다는 말을 많이 들었다. 놀던 애들도 다른 친구들이 나에 대해서 물어보면 그렇게 얘기한다. 특히 경진이와는 우정 친구로 친한 친구였다. 그래서 나는 학교 생활을 재미있고 편하게 했다. 남자애들한테도 좋은 점만 보이게 되어 친구도 많았다.

그렇게 1학년을 마치고 2학년이 되면서 나는 삐뚤어지기 시작했다. 집을 나가 이리저리 돌아다니며 아는 오빠네 집에서 지냈고, 여자 애들끼리 여관에서 지내기도 했다. 또 내 또래의 친구들을 패는 것을 보았다. 난 그때 때리는 것을 직접 본 것은 처음이었다. 처음엔 불안하고 어떻게 할 줄 몰랐다. 물론 난 때리지 않고 욕도 한 적이 없었다. 왜냐면 처음이라 겁도 나고 한번 때리면 계속해서 아이들과 어울리고 더 깊이 빠져들 것 같아 그냥 지켜보기만 했다. 그런 나를 친구들은 좋아했고 비밀 얘기도 나에게 털어놓았다. 어딜 가든 친구들은 나를 꼭 데리고 다녔고, 그러면서 잘나간다는 오빠들도 만나게 되었다. 오빠들 중엔 조직도 있고 무슨 파라는 오빠들도 있었다. 이 오빠들은 부모님들이 알고 있는 것처럼 그렇게 나쁜 사람이 아니었다. 나도 겉보기에 처음에는 깡패 같아서 당황했지만, 집에 들어가라고 타일러도 주고 나쁜 점은 고치게 하는 그런 착한 오빠들이었다.

그렇게 학교 생활은 괜찮았다. 그리고 한 가지 난 엄마, 아빠가 이혼한 것이 아무렇지 않았다. 엄마, 아빠가 다 잘못했다고 생각했고 부모가 이혼했다고 날 놀리는 애들도 없었다. 엄마는 매일매일 밥 먹을 때나 외식할 때나 아빠 얘기를 빼놓지 않고 했다. 엄마가 지금까지 날 키우면서 고생한 것부터 시작해서 아빠 욕까지. 나는 엄마의 말을 듣고 처음에는 아빠를 미워하고 엄마에게 잘해야겠다는 생각을 했다. 그런데 날이 갈수록 엄마는 심해지기 시작했다. 나는 짜증이 났고, 잠도 같이 안 자고 엄마와 같이 있는 시간이 되면 집을 나가기 일쑤였다. 그러면서 나는 더 삐뚤어지기 시작했고 담배도 피우기 시작했다.

엄마는 TV를 보며 내 또래 애들이 나와 담배 피우고 술 마시는 장면이 나오면 나에게 꼭 이런 말을 한다. 만약 네가 저런다면 엄마는 딸 없는 셈치고 산다고. 나는 별 뜻 없이 흘려들었다. 나는 그림 그리기가 취미이기 때문에 학교 갔다 와서 나가지 않고 동생을 보며 그림을 그리는 때도 있었다. 그런 나를 보며 엄마는 내 딸은 불량 학생이 아니라고 생각했는지도 모른다. 아마 대부분 엄마들이 그럴 것이다. 내 딸은 효녀이고 내 딸은 결코 그런 애들과 어울릴 애가 아니라고. 하지만 그런 엄마들의 딸은 우리와 다 똑같다. 다들 돈 버느라 싸우며 우리에게 신경을 쓰지 않는다. 우리는 사춘기가 되어 신경이 예민해지고 그래서 어른들에게 금방 신경질이 난다. 그래서 집을 나와 다른 애들과 어울리고 술, 담배 등 폭력까지 하며 폭력배, 살인자 등으로 변해 간다.

난 그렇게 심하게 행동하지는 않았다. 선생님들에게 칭찬도 받고 그렇게 생활했는데 어느 날 엄마에게 남자가 생긴 것이다. 난 그것도 별 뜻 없이 흘려들었다. 난 엄마가 편한 생활을 했으면 좋겠다고 생각했다. 그래서 엄마와 그 아저씨의 결혼 생활을 반대하지 않고 더 찬성하고 같이 있는 시간을 만들어 주었다. 하지만 그럴수록 엄마는 내가 나쁜 쪽으로 삐뚤어져 나갈까 걱정이 되셨는지 아빠 욕을 더 심하게 했다. 그때마다 난 화가 나서 친구들과 집을 나갔다. 일주일 그렇게 다니다 아는 오빠들을 만나 경찰서에 가게 되었다. 그래서 집에 다시 들어가게 되었다. 정말 하루하루가 너무 힘들고 죽고 싶다는 생각뿐이었다. 차라리 나가서 살았으면 했다.

나는 그때부터 일기를 쓰기 시작했다. 그걸 어느 날 엄마가 보시고는 날 때렸다. 나는 그때 정말 엄마를 죽여 버릴까 생각했다. 일기도 내 맘대로 못 쓰고, 미칠 지경이었다. 그러다 학비 때문에 다시 아산으로 전학을 오게 되었다. 중학교 3학년 초였다. 여기서는 전학 온 것치고는 부담이 덜 갔다. 왜냐면 삼선초등학교 때 같이 다니던 친구들이 있었기 때문이다. 전학 온 날 나는 내 소개를 잠깐하고 자리로 돌아갔다. 처음 반에 들어 간 순간 아이들은 나를 반기지 않는 눈치였다. 쉬는 시간 친구들은 나를 의외로 반겨주었다. 난 처음 학교 생활을 재미있게 보냈다.

나는 새로 전학 와 많은 친구들을 사귀었다. 학교에 다니면서 나는 애들과 사이가 안 좋아지기 시작했다. 한 아이가 나에 대해 재는 술도 마시고 애들 팬다고 소문을 내고 다녔다. 그 애는 우리 엄마 친구 딸이었는데, 처음엔 말로 얘기 하다가 참을 수 없어서 불러다 뺨을 몇 대 때렸다.

친구에게 돈을 빌려 달라고 했더니 빌려 주었다. 그렇게 해서 친구들과 같이 빌려 쓴 돈이 다섯달 동안 칠십만 원이었다. 그런데 학교에서 그걸 알고 난 도둑이 되어 버렸다. 그래서 나는 학교폭력으로 15일 봉사 활동 하라는 징계를 받았다. 난 돈을 훔쳤다고 생각하진 않는다.

하지만 이제 다 지난 일이다. 15일 동안 난 봉사 활동을 하면서 많을 걸 느끼고 반성하였다. 먼저 친구는 잘 사귀어야 하고 공부는 못하더라도 끝까지 열심히 하고 나에게 주어진 벌에 대해 반성하고, 모든 일에 최선을 다하고 투정부리지 않고 항상 노력하는 모습과 남이 나를 생각해 주듯이 나 또한 남을 생각해 주고, 15일 기간은 길었지만 나를 다시 볼 수 있는 계기가 되었고, 좀 더 성숙해진 모습으로 생활해 보고 싶다. 이 벌은 좀 더 학생다운 그런 마음가짐과 모든 일에 충실하라는 뜻으로 알고 열심히 하여 다시는 이런 일이 일어나지 않도록 학생의 신분을 잊지 않으려고 노력했다.

그리고 저에게 말 한 마디라도 따뜻하게 해 주시는 분들이 제 곁에 있다는 것이 감사하고 기뻤다. 나쁜 길로 빠지려는 저를 바른 길로 인도하려는 선생님의 노력에도 불구하고 이러한 일을 한 행동 죄송하기만 하다. 선생님들께선 늪에 빠진 저를 목숨을 걸고 구해 주신 거나 다름없다. 항상 올바른 생각, 올바른 행동으로 살아가는 모습 보여 드리겠다고 약속한다.

나의 장래 희망은 화가였다. 하지만 디자이너가 되고 싶다. 유명하고 널리 알려진 그런 디자이너가 되고 싶다. 그러자면 공부도 열심히 해야겠지만…….

그래서 고등학교에 가야겠다는 것이 내 삶의 목표이다. 내 맘을 종잡을 수 없어 내 삶의 목표라는 표현을 했다. 지금은 고등학교에 갈 수 있을지 걱정이 된다. 하지만 노력해서 안 될 게 없듯이 나는 노력할 것이다. 장담할 수 없지만…….

내가 원하는 고등학교에 입학한다면 내 자신이 좀 달라질 것 같다는 생각이 든다. 그래서 고등학교를 마치고 디자이너가 되어 내가 만든 옷이 유행이 되어 많은 사람들이 입었음 좋겠다. 예전엔 널리 알려지지 않아도 내 꿈을 이룰 수 있다고 생각했는데, 지금은 모든 사람이 알아주었으면 한다.

내 이름 석자 정지영을 길거리에서 대면 다 알 수 있을 만큼 유명인이 되고 싶다. 비록 학교에서는 사고뭉치였지만 사회에 나가서 더욱 더 멋있고 훌륭한 디자이너가 될 수 있도록 노력할 것이다.

나를 돌이켜보면 내가 다른 애들과 다르게 행동했다는 것을 깨닫고 뉘우친다. 나로 인해 상처받은 애들도 있겠지만, 나도 그것이 좋은 것은 아니다. 난 매일 내 미래를 꿈꾸며 살아가듯 더 행복한 삶을 살고 싶다. 남에게 피해 주지 않는 그런 착하고, 세계에 널리 알려지도록 노력하여 지금과 다른 또 하나의 나로 살고 싶다. 모든 일을 노력하며 힘든 일도 잘 이겨내는 그런 성실한 사람이 되고 싶다. 아니 이런 사람이 되도록 노력하겠다.

뒷말

글쓰기 교육을 하고자 하시는 선생님께

선생님,

안녕하세요?

제가 이 책의 뒤에 따로 '뒷말'을 붙이는 것은, 글쓰기 교육을 하고 싶은데 어떻게 해야 할지 모르겠다는 분들을 위해, 간단히 그 방법에 대해 말씀드리기 위해섭니다.

글쓰기 교육이 중요하다는 것은 새삼 강조하지 않아도 좋을 것입니다. 제가 경험한 바로는 글쓰기 교육을 통해, 교사는 학생을 대상이 아닌 온전한 인간으로 만날 수 있다는 것, 교사와 학생 사이 참 관계가 형성된다는 것, 학생과 학생 간에도 이해와 공감의 폭이 넓어진다는 것입니다. 다시 말해 글쓰기 교육은 글을 통해 '인간관계'를 회복하는 일이라 할 수 있습니다.

그렇지만 많은 경우 '글쓰기'에 난감해하는 것이 사실입니다. 교사도 그렇고 학생도 그렇습니다. 교사는 글쓰기 교육을 하고 싶은데 어떻게 해야 할지 잘 모르겠고, 학생들은 글이라면 진저리부터 칩니다. 그러다 보니 요즘 학교에서 글쓰기 교육을 하는 일이 거의 없습니다. 한다면 무슨 대회를 치르기 위해, 혹은 평가를 목적으로 조금 하는 정도입니다.

이러한 점을 생각하여 저는 이 책이 글쓰기 교육을 하시고자 하는 분들을 위해 학생 글쓰기 교육의 '매뉴얼'이 되도록 내용을 마련했습니다. 그 이유는 꼭 국어교사가 아니라도 이 책을 보신 분들이면 '아, 나도 이렇게 하면 되겠구나.' 하는 생각을 하여, 학생들과 실제로 글쓰기 교육을 해 볼 수 있게 하기 위해서입니다.

이 책은 크게 5부로 나뉘어져 있고, 그 안에 23개의 소주제에 따라 쓴 학생 글 90편이 들어 있습니다. 그것을 간략히 표로 나타내 보겠습니다.

부	제목	소주제	학생 글 편수
제1부	나는 나	나의 몸, 나의 성격과 버릇, 나의 하루, 나만의 소중한 약속 (4)	14
제2부	아름다운 사람	우리 집, 우리 학교, 우리 동네, 아름다운 사람, 가장 듣고 싶은 말, 가장 듣기 싫은 말, 혼자 힘으로는 할 수 없어요, 나에게 영향을 준 사람 (8)	30

제3부	울고 싶을 때	눈물은 내 친구, 고요함, 스트레스, 부정적인 혼잣말, 소외감을 느낄 때 (5)	25
제4부	나에게 사랑이	첫경험, 이제는 말할 수 있어요, 열린 마음 닫힌 마음, 결혼과 이혼, 내가 만일 신이라면 (5)	19
제5부	자서전 쓰기	아리랑 고개(1)	2

부 가름을 보면 각 부에서 다루는 소주제가 '나'로부터 시작하여 가족과 이웃(학교) – 관계 – 마음(자아) – 사회문제에 대한 인식으로 확대됨을 알 수 있습니다. 이렇게 한 데에는 인간의 일반적 인식의 발달이 나와 자기 주변에서부터 사회문제로까지 확대되어 감에 따른 것입니다.

또 소주제를 23개로 한 것은 한 주에 한 가지 주제를 일 년 동안 할 수 있도록 한 것입니다. 여름 방학, 겨울 방학을 뺀 나머지 달에 한 주에 소주제 하나씩 실천하도록 한 것입니다. 저는 이런 방식으로 3년 동안 글쓰기 교육을 했으며, 그 가운데 좋은 글을 뽑아 이 책에 실었습니다.

그러니까 선생님께서 글쓰기 교육을 하신다면,

① 나의 몸

② 나의 성격과 버릇

③ 나의 하루

이런 식으로 소주제의 순서에 따라(앞의 목차 참조, 책의 내용도 그런 순서로 되어 있음) 일주일에 하나씩 하시면 되겠습니다.

글쓰기 교육에서 중요한 것 가운데 하나는 좋은 글을 학생들에게 예문으로 많이 읽어 주는 것입니다. "자, 오늘은 '나의 몸'이라는 주제로 글쓰기를 해 보자."라고 한 다음, 교사가 직접, 혹은 낭독을 잘 하는 학생을 시켜 미리 준비한 글을 읽어 줍니다. 이때 좋은 글의 예문으로 이 책에 있는 학생들의 글을 읽어 주면 좋을 것입니다.

글쓰기 교육 시간은 형편에 맞게 확보하는 게 좋습니다. 저는 국어 시간(1주일에 5시간 중 1시간을 글 쓰는 시간으로 했음.) 중에 했는데, 미리 3월 초 시간표가 발표될 때 반 학생들에게 매주 몇째 시간은 글쓰기 시간이라고 확정지어 발표했습니다. 그리고 그 시간이 되면 거르지 않고 글쓰기를 했으며, 쓴 글에 대해 검사하여 수행평가에도 일정 부분 반영했습니다.

다른 일과 마찬가지로 글쓰기 교육도 교사의 의지가 중요합니다. 글쓰기 교육은 무엇보다도 꾸준히 해야 합니다. 최소 2개월 이상은 해야 탄력을 받습니다. 처음엔 좀 어려울 수 있으나, 하다 보면 놀라움을 경험하게 됩니다. 아이들 하나하나가 눈에 들어옵니다. 그 아이들과 깊이 있는 대화가 이루어집니다. 교사와 학생 사이 벽이 허물어집니다.

글쓰기 교육을 하면서 저는 두 가지를 학생들에게 강조했습니다. 하나는 '자세히 쓸 것' 그리고 다른 하나는 '진실 되게 쓸 것'입니다. 자세히 쓰도록 지도하는 것이 중요합니다. 그래서 좋은 예문을 읽어 줄 필요가 있고, 진실 되게 쓰기 위해서는 '용기'가 필요함을 말했습니다. 글쓰기는 자신을 드러내는 행위이며, 그러기 위해서는 무엇보다 용기가 필요하기 때문입니다.

이밖에 글쓰기 교육에 필요한 여러 가지가 있겠지만, 나머지 문제는 진행하면서 해결해 나가면 되겠습니다. 그리고 궁금한 점이 있으면 언제든지 저에게 이메일(mvwhwoeh@hanmail.net)로 연락을 주십시오. 성실히 답해드리겠습니다.

이 책이 선생님께서 실천하시는 글쓰기 교육에 조금이라도 도움이 되길 기원합니다.